문장기술

문장 기술

기자처럼
글 잘 쓰기
1

개정증보판

배상복 지음

이케이북

두려움을 떨쳐 버려라
― 누구나 잘 쓸 수 있다

여러분은 글을 잘 쓰는가? 막상 쓰려고 하면 쉽지 않다. 이메일이나 보고서 등 무엇을 쓰려고 하면 막연한 두려움이 앞선다. 블로그나 페이스북 등 SNS 글쓰기도 마찬가지다. 며칠을 고민하다 시작해 보지만 몇 줄을 이어 가기 힘들다. 한두 줄 써 놓고 다음이 막혀 망설이다 또 하루가 간다. 몇 줄짜리 문자 메시지를 보내기도 쉽지 않다. 교육을 많이 받은 사람이나 아닌 사람이나 마찬가지다.

이는 개인 차원의 문제가 아니라 우리 교육이 잘못된 탓이다. 자기 생각을 글로 표현하는 훈련이 제대로 돼 있지 않은 때문이다. 국어 시간에는 쓰기보다 남의 작품을 분석하는 데 많은 시간을 할애한다. 작문 시간에 가르치는 것도 실질적인 글쓰기 지도가 아니라 이론 위주여서 막상 글을 쓰는 데는 크게 도움이 되지 못한다.

글쓰기의 두려움에서 헤어나기 위해선 무엇보다 무게 있고 멋지게 써야 한다는 생각을 버려야 한다. 멋있는 단어나 표현을 동원해 거창하게 쓰겠다고 생각하면 글은 더욱 써지지 않는다. 일반인이 전문가처럼 수준 높은 글이나 명문을 쓸 수는 없다. 누구도 이를 기대하지 않기 때문에 굳이 잘 쓰려고 할 필요도 없다. 공연히 잘 써야 한다는 부담을 가질수록 글은 더욱 써지지 않게 마련이다.

다행스럽게도 시대가 변하면서 요즘은 글쓰기 기준이 많이 바뀌었다. 즉 좋은 글의 기준 자체가 바뀐 것이다. 점점 더 가볍고 재미있는 것을 추구하는 세상이 됐다. 옛날처럼 무겁고 딱딱하게 글을 써서는 안 된다. 오늘날 명문이란 멋진 단어나 미사여구를 아로새긴 문장이 아니다. 자기 생각을 상대방에게 분명하게 전달할 수 있고, 남이 읽으면서 재미를 느낄 수 있는 글이 현대의 명문이다. 부드러우면서도 쉽고 재미있는 글이 아니면 요즘 세대는 아예 읽으려 하지도 않는다.

따라서 요즘은 오히려 글쓰기가 쉬워졌다. 옛날처럼 특별한 재주가 필요한 것이 아니다. 대단한 지식과 글재주가 없어도 이미 가지고 있는 상식과 자신의 삶에서 얻은 경험을 바탕으로 누구나 좋은 글을 쓸 수 있다. 특히 SNS 등 일상적인 글쓰기는 자기 생각을 정확하게 표현할 수 있기만 해도 충분하다. 몇 가지 요령을 익힌다면 누구나 잘 쓸 수 있다. 처음 자전거를 배울 때는 넘어질까 두렵지만 몇 번 타다 보면 저절로 잘 타게 된다. 글쓰기도 마찬가지다. 몇 가지 요령을 익힌 뒤 반복해 쓰다 보면 누구나 잘 할 수 있다. 글쓰기를 두려워할 이유가 없다.

일단 써 내려간 뒤 다듬어라

가장 쓰기 힘든 글이 무엇일까? 연애편지다. 본능적으로 처음부터 잘 쓰려고 매달리다 보니 몇 줄을 이어 가기 힘들다. 썼다가 지우기를 반복한다. 이런 식으로 글을 쓰면 3박4일을 고민해도 한 장을 쓰기 어렵다. 잘 쓰려고 하면 할수록 글은 더욱 써지지 않게 마련이다.

이처럼 대부분의 사람이 잘 써야 한다는 부담감에 사로잡혀 글을 제대로 이어 가지 못한다. 시작도 하기 전에 스트레스로 몇 날을 지새우기 일쑤다. 무엇을 써야 한다는 생각 자체로도 스트레스를 받는다. 그러다 보니 글쓰기가 두렵게 느껴진다. 글을 쉽게 쓰는 방법은 없을까?

글을 손쉽게 쓰는 방법은 간단하다. 시작이 중요하다. 두려움을 떨쳐 버리고 일단 말하듯 줄줄 써 내려가면 된다. 어떻게 쓸까 고민만 해서는 글이 되지 않는다. 머리를 싸맨다고 글이 나오는 것이 아니다. 우선 아무렇게라도 써놓고 봐야 한다. 처음부터 잘 쓰려고 하지 말고 생각나는 대로 마구마구 적어 내려가면 된다. 시작이 반이라는 말은 글쓰기에서도 맞는 얘기다.

잘 쓰든 못 쓰든 신경 쓰지 말고 생각나는 대로 대충 적어 내려가야 한다. 넉넉하게 써 내려간 뒤 다듬는 과정을 거치는 것이 글을 가장 손쉽게 쓰는 방법이다. 자기소개서도 일단 각 항목을 다 채워놓은 뒤 항목을 서로 조절하고 수정해 나가야 한다. 누구도 처음부터 글을 완벽하게 쓸 수는 없다. 문필가라고 해서 한 번에 글을 완전하게 쓰는 것이 아니다. 잘 쓰는 사람도 일단 써 내려간 뒤 다듬는 과정을 반복한다.

당송(唐宋) 팔대가 가운데 한 사람이며 글쓰기의 기초인 3다(多讀·多作·多商量)를 설파한 구양수(歐陽脩)라는 이가 있다. 그는 시를 쓴 뒤 벽에 붙여 놓고 방을 드나들 때마다 고쳤다고 한다. 얼마나 고쳤던지 어떤 시는 초고 중 단 한 글자도 남아 있지 않았다고 한다. 톨스토이는 『부활』이나 『전쟁과 평화』를 써 놓고는 수십 번을 고쳤다고 한다. 헤밍웨이는 『노인과 바다』를 집필하면서 무려 400번 이상을 고쳤다는 이야기가 전해진다. 훌륭한 작품을 만들어 내는 비법이 재능이 아니라 얼마나 열정을 가지고 다듬느냐에 달려 있다는 것을 보여 준다.

문필가들도 이럴진대 일반인이 어떻게 처음부터 완벽한 글을 쓰겠는가. 글은 원래 써 놓고 다듬는 것이다. 잘 쓰든 못 쓰든 상관없이 일단 생각나는 대로 적고 봐야 한다. 처음부터 잘 쓰려고 한 꼭지에 매달리다 보면 글을 이어 가기 힘들다. 마음에 들지 않더라도 다음 줄로 넘어가는 식으로 계속 써 내려가야 한다. 맞춤법에 일일이 신경 쓰면서 작성할 필요도 없다. 다 써 놓고 궁금하면 사전을 찾아보고 고치면 된다.

글의 형식도 마찬가지다. 학교 교육을 받은 사람이라면 이미 기본적인 형식은 몸에 배어 있어 무슨 글이든 쓰는 데 지장이 없다. 편지를 쓰든, 시나 수필을 쓰든, 논술을 쓰든, 보고서를 쓰든 그런 종류에 맞게 서술하면 된다. 글을 쓰는 목적과 읽는 대상에 어울리게끔 생각나는 대로 적어 내려가면 된다.

원하는 양의 두세 배를 적어 내려간 뒤 분량을 조절하고 단락을 재배치하고 문제가 있는 부분을 수정하면 남에게 충분히 읽힐 만한 글이 완성된다. 내용을 보충하고 문장의 구성 요소들을 잘 살피면서 부드럽게 흘러갈 때까지 요리조리 다듬다 보면 결국 마음에 드는 글이 나온다. 정성을 들이면 들일수록 좋은 글이 만들어지게 돼 있다.

글쓰기 결국은 문장력이다

글쓰기의 3대 요소는 독해력·사고력·문장력이다. 글을 읽고 이해하는 능력과 어떤 문제가 주어졌을 때 그에 대해 종합적으로 사고할 수 있는 능력이 있어야 한다. 마지막으로 자신의 생각을 글로써 체계적으로 표현할 수 있는 능력, 즉 문장력이 있어야 한다. 문장력이 없으면 이해와 사고의 결과를 글이라는 형태로 정확하게 담아낼 수 없으므로 모두 무용지물이다.

학생들의 경우 독해력·사고력부터 길러야 하겠지만 대부분은 문장력이 부족해 글쓰기가 제대로 되지 않는다. 남들보다 글을 잘 쓰느냐 못 쓰느냐는 결국 문장력에 달려 있다. 문장력이 있는 사람의 글을 보면 처음부터 끝까지 물 흐르듯 부드럽게 굴러간다. 읽는 사람이 전혀 불편함을 느끼지 못하는 가운데 전하고자 하는 메시지가 쏙쏙 와 닿는다. 읽은 뒤의 여운도 좋다.

그러나 어떤 사람의 글은 몇 줄을 읽어 내려가기 힘들다. 복잡하게 얽혀 있어 도무지 무슨 뜻인지 알 수 없는 것이 허다하다. 어떤 글은 지나치게 짧은 문장이 계속돼 단조로움을 주기도 한다. 또 어떤 글은 지나치게 문장이 길어 숨이 차서 읽어 내려가기 힘들다. 문장성분이 유기적으로 결합하지 못함으로써 불편하게 느껴지는 글도 수두룩하다. 이런 경우 독자는 다시 읽거나 읽기를 포기해야 한다. 모두가 문장력이 부족하기 때문에 발생하는 일이다.

문장력이란 자신이 하고자 하는 얘기를 명확하게 전달할 수 있고, 읽는 이가 어떤 사람이든 특별한 노력을 기울이지 않고도 끝까지 읽어 내려갈 수 있게끔 문장을 구성하는 능력을 말한다. 글을 잘 쓰느냐, 못 쓰느냐는 결국 문장력에 달려 있다. 글을 잘 쓰는 사람을 일컬어 '문장력이 있는 사람' 또는 '문장가'라고 하는 것은 이런 이유 때문이다.

문장력을 기르기 위해서는 좋은 글을 많이 읽고 자주 써 보면서 남의 평가를 받는 것이 중요하다. 그러나 이렇게 하기 위해서는 시간이 많이 걸리고 제약이 따른다. 이러지 않고도 짧은 시간에 글 쓰는 능력을 향상시키려면 문장의 기본 원칙을 마음에 새기고 잘 지키면 된다.

문장에 관한 이론을 전달하는 책이 많이 나와 있지만 일반인이 읽고 소화하기에는 어려운 것이 대부분이다. 심지어 수학 공식처럼 어렵게 풀이해 놓아 보는 사람을 질리게 만드는 책도 있다. 반대로 짤막한 문장의 몇 가지 예를 가지고 피상적으로 설명해 놓아 실제로 글을 쓰는 데는 크게 도움이 되지 못하는 것들도 있다.

그런 면에서 복잡한 이론을 배제하고 본인의 오랜 경험을 바탕으로 알기 쉽게 정리한 『문장기술』이 많은 사람에게 도움이 되리라 생각한다. 제1부에는 문장의 핵심 요소를 알기 쉽게 정리한 '문장의 십계명'이 수록돼 있고, 제2부에는 기타 글쓰기에 필요한 요소와 헷갈리는 우리말 등을 재미있게 풀어놓은 '우리말 칼럼'이 실려 있다. 전체적으로 쉬운 설명과 함께 풍부한 예문을 들어 놓았으므로 한번 읽어 보는 것만으로도 자신의 글 쓰는 능력을 크게 끌어 올릴 수 있다.

이번에 개정판을 내면서 예문과 칼럼을 상당수 교체하고 편집에도 변화를 주는 등 새롭게 꾸몄다. 기업체나 언론사 입사를 준비하는 대학생뿐 아니라 논술을 준비하는 수험생, 그리고 직장인이나 SNS를 하는 사람 등 일반인에게도 짧은 시간에 많은 도움이 되리라 믿는다. 아울러 10년 이상 스테디셀러를 기록하게끔 보내 주신 독자 여러분의 성원에 진심으로 감사드린다.

배상복

현대 명문의 조건

　정보화 시대, 인터넷 시대가 되면서 글쓰기 기준도 많이 바뀌었다. 과거에는 글은 무언가 품위 있고 무게 있게 써야 한다고 생각했지만 지금은 그 반대가 됐다. 요즘은 쉽고 재미있는 글이 아니면 아예 읽으려 하지 않는다. SNS 글쓰기만 그런 것이 아니다. 심지어 신문기사도 뭔가 딱딱하고 어려워 보이거나 길면 잘 읽으려 하지 않는다. 속도와 편리성을 추구하다 보니 이런 현상이 생겼다고 여겨진다. 따라서 전체적으로 이러한 기준에 맞춰 글을 작성하는 것이 무엇보다 중요하다. 『문장기술』 역시 이러한 변화에 맞추어 구체적인 글쓰기 원칙을 정리한 것이므로 대전제인 '현대 명문의 조건'을 여기에서 먼저 언급하고자 한다.

쉬워야 한다

글은 무게 있게 써야 하고 특별한 재주가 있는 사람만이 글을 쓸 수 있다고 생각하던 것은 옛날 얘기다. 오늘날 명문이란 멋진 단어나 미사여구를 아로새긴 문장이 아니다. 무엇보다 자기 생각을 상대방에게 분명하게 전달할 수 있는 글이 현대 명문이다. 그러려면 우선적으로 쉽게 써야 한다. 쉬운 글이 아니면 요즘 세대는 아예 읽으려 하지 않는다. 과거와 같은 기준으로 글을 쓴다면 외면받기 십상이다.

글은 지식과 감정의 전달이므로 읽는 사람에게 정확하게 전달되는 것이 우선이다. 나타내고자 하는 바를 정확하게 전달하려면 읽는 사람이 힘들이지 않고 이해할 수 있도록 쉽게 작성해야 한다. 지나치게 어렵게 서술해 다 읽고도 무슨 뜻인지 제대로 이해할 수 없다면 그 글은 쓰나 마나다. 도중에 읽기를 포기하는 사람이 적지 않을 것이다.

특히 요즘은 딱딱하거나 무거운 것을 싫어하는 시대라 몇 줄 읽어 내려가다 어렵다 싶으면 더 이상 읽지 않는다. 아무리 열심히 써도 읽히지 않는 글은 무의미하다. 따라서 굳이 미사여구를 동원해 미문을 쓰거나 생소한 단어를 들이대면서 어렵게 쓸 필요가 없어졌다. 전문용어가 등장하는 논문 등 전문가들의 글이나 직장 보고서 등도 쉽게 풀어 쓰는 추세다.

재미가 있어야 한다

　요즘 사람들은 재미가 없으면 잘 읽으려 하지 않는다. 무언가 재미가 있겠구나 싶으면 그 글을 읽지만 별로 재미가 없다 싶으면 읽지 않는 경향이 있다. 자기와 관련이 있거나 꼭 필요한 내용이어서 어쩔 수 없이 봐야 하는 글이라면 몰라도 대부분은 읽다가 별 재미가 없으면 도중에 그만둔다. 따라서 읽으면서 재미를 느낄 수 있는 글이 현대 명문의 중요한 요소다. 신문기사도 어떻게 하면 독자들에게 재미있게 전달할 수 있을까 많은 고민을 한다.

　모든 글이 재미가 있을 수는 없지만 가급적 재미있게 작성하려고 노력해야 한다. 흥미로운 내용으로 독자의 관심을 끌 수 있어야 한다. 그러기 위해서는 흥미로운 소재를 선택해 재미있게 써 내려가야 한다. 어려운 소재이더라도 가급적 재미있게 가공하려고 노력해야 한다. 특히 인터넷에 올리는 글은 재미없는 얘기를 길게 늘어놓아서는 안 된다. 적절한 비유를 하거나 에피소드·유머 등을 삽입해 흥미를 유발하는 등 나름대로 재미있게 써 내려가야 한다.

가능하면 짧아야 한다

요즘은 글을 읽기 전에 전체 분량이 얼마인지를 보고 읽는 습성이 있다. 한눈에 들어오는 정도의 양이면 흔쾌히 읽어 보지만 페이지가 넘어가는 긴 글은 잘 읽으려 하지 않는다. 속도의 시대, 축약의 시대에 긴 글은 맞지 않는다. 긴 글은 읽는 데 시간이 걸리기 때문에 아예 읽기를 포기하는 사람이 많다.

일반 글도 그렇지만 기획서나 보고서 등 공식 서류도 마찬가지다. 가능하면 짧게 써서 제출해야 읽는 사람이 좋아한다. 어쩔 수 없이 길어지는 경우 주요 내용을 간추려 앞에 내세우거나 따로 요약본을 만들어 보여 주는 것이 윗사람의 입맛을 맞추는 길이다. 사실 기획서나 보고서는 결론이 중요하므로 그 밖의 내용은 꼭 읽어봐야 할 필요가 없기도 하다. 필요하거나 궁금한 사람만 읽어 보면 된다.

읽는 사람의 인내심이나 가벼움을 탓할 필요가 없다. 그것이 시대의 흐름이고 정서인데 어찌하랴. 아무리 공을 들여 길게 써 봐야 읽지 않는 글은 의미가 없다. 특히 블로그·페이스북 등 인터넷에 올리는 글은 500자 이내가 적당하다. 트위터가 300자로 제한하는 데는 다 이유가 있다. 아무리 길어도 1000자를 넘기지 말아야 한다. 자기 생각을 간단명료하게 글로 옮겨야지 주절주절 늘어놓아서는 안 된다. 가능하면 짧게 쓰는 것이 미덕이다.

✎ 차례

제2부

우리말
칼럼

제 1 부

문장의 십계명

문장력이란 자신이 하고자 하는 얘기를 명확하게 전달할
수 있고, 읽는 이가 어떤 사람이든 특별한 노력을 기울이지 않
고도 끝까지 읽어 내려갈 수 있게끔 문장을 구성하는 능력을
말한다. 글을 잘 쓰느냐, 못 쓰느냐는 결국 문장력에 달려 있
다. 짧은 시간에 글 쓰는 능력을 향상하려면 문장의 기본 원칙
을 마음에 새기고 잘 지키면 된다.

제1장

간단명료하게 작성하라

글을 쓰는 재주가 특별하지 않은 한 긴 문장을 제대로 구성하기는 힘들다. 문장이 길면 구성 요소가 복잡하게 얽혀 너저분해지고 글이 늘어지게 마련이다. 잘 짜인 문장이라 하더라도 길면 지루하게 느껴진다. 또한 무슨 내용인지 파악하기도 어려워진다.

한꺼번에 많은 내용을 집어넣으려 하지 말고 한 문장에 한 메시지만 전달한다는 생각으로 짧게 끊어 쓰는 것이 바람직하다. 원 센텐스 원 메시지(one sentence, one message)라고 생각하면 된다. 시가 읽기 편한 것은 리듬감이 있고 문장이 짧기 때문이라는 점을 참고할 필요가 있다.

긴 문장은 몇 개의 짧은 문장으로 나누어 적당한 길이(50자 이내)로 써야 읽기 편하고 이해하기 쉽다. 다만 짧은 문장이 계속 이어지면 단조롭고 딱딱한 느낌을 줄 수 있으므로 길이에 변화가 필요하다. 몇 개의 짧은 문장 다음에 그보다 약간 긴 문장이 하나 오는 식으로 작성하면 리듬감을 불어넣을 수 있다.

문장을 짧게 끊어 쓴 뒤 각각의 문장에서 불필요한 것을 없애고 간결하게 작성하면 글의 맛이 더욱 살아난다. 간결하게 쓰려면 무엇보다 군더더기를 없애고 수식어를 절제해야 한다. 눈에 거슬리는 군더더기와 꼭 필요하지 않은 수식어를 빼기만 해도 훨씬 깔끔하고 세련된 문장이 된다.

쉽고 간단하게 쓸 수 있는 내용을 굳이 어렵고 복잡하게 표현함으로써 글을 늘어뜨리고 의미를 파악하기 힘들게 만드는 경우도 많다. 자기 생각을 정확하고도 효율적으로 전달하기 위해서는 이해하기 쉬운 말로 간단하게 써야 한다. 글은 무게 있게 써야 한다는 생각을 버리고 말하듯 쉽게 작성하면 된다.

모든 것에는 경제성의 원리가 적용된다. 경제성이란 노력·시간·비용 등을 적게 들이면서도 최대 효과를 얻는 것을 말한다. 글도 마찬가지다. 공연히 자기만 아는 어려운 말을 늘어놓거나 복잡하게 쓴다면 읽는 사람이 무슨 뜻인지 파악하기 힘들므로 남는 게 없다. 간단명료하게 작성하는 것이 좋은 문장을 만드는 첫째 비결이다.

군더더기
없애기

글에서 군더더기란 없어도 되는 표현을 말한다. 뱀을 다 그리고 나서 있지도 않은 발을 덧붙여 그려 넣는 것을 뜻하는 사족(蛇足)과 같은 것이다. 없어도 말이 잘 통하는 어휘나 표현이 있다면 그게 바로 군더더기다. '-이다'를 '-라 하지 않을 수 없다'로 하거나 '-해'를 '-하는 과정을 통해'라고 하는 것처럼 아무 의미 없이 글을 늘어지게 함으로써 볼품없이 만들고 긴장감을 떨어뜨리는 것도 군더더기다.

군더더기가 있느냐 없느냐는 글 쓰는 능력을 판단하는 중요한 요소가 된다. 좋은 문장일수록 군더더기 없이 깔끔하다는 특징이 있다. 훌륭한 작가들의 글을 보면 무엇 하나 덜어낼 게 없다. 군더더기 없는 문장을 만들기 위해서는 항상 간결하게 써야 한다는 생각을 머릿속에 간직하고 있어야 한다.

아침에 늦잠을 잤다. 그래서 학교에 지각했다. 그러나 다행히 선생님께 혼나지는 않았다.

접속사 '그래서' '그러나'가 문장을 부드럽게 이어 주는 것으로 생각하기 쉬우나 대부분 군더더기로 문장을 늘어지게 만든다. 이러한 접속사를 자제해야 깔끔한 문장이 된다. 특히 일이 순서대로 진행될 때는 접속사가 글의 긴장감을 떨어뜨리므로 없애는 게 낫다. 진정한 목수는 못을 박지 않는다.

✎ 아침에 늦잠을 잤다. 학교에 지각했다. 다행히 선생님께 혼나지는 않았다.

국민 소득의 향상과 식생활의 서구화로 쌀의 소비량이 부쩍 줄어 1인당 하루 평균 두 공기에도 미치지 못하고 있다.

'소득의' '식생활의' '쌀의' 등 필요 없는 '의' 자가 많다. 명사를 나열할 때 꼬박꼬박 '의(の)'를 넣는 것은 일본식 표현이다. '의'는 꼭 필요한 경우에만 사용하고 없어도 말이 되는 경우에는 삭제하는 것이 좋다.

✎ 국민 소득 향상과 식생활 서구화로 쌀 소비량이 부쩍 줄어 1인당 하루 평균 두 공기에도 미치지 못하고 있다.

선생님들과 함께 수련 활동을 떠난 이들 학생들은 부모님들의 고마움을 생각하는 소중한 시간들을 보냈다.

'선생님들' '학생들' '부모님들' '시간들'에서 '들'은 군더더기다. 우리말에서는 이야기의 앞뒤 흐름으로 복수임을 짐작할 수 있거나 문장 속에 있는 다른 어휘로 복수라는 것을 알 수 있는 경우 '들' 을 붙이지 않는다. 복수에 꼬박꼬박 '들'을 붙여 쓰는 것은 영어식 표현이다. 더불어 시간은 아예 복수가 될 수 없는 것이다.

✎ 선생님과 함께 수련 활동을 떠난 이들 학생은 부모님의 고마움을 생각하는 소중한 시간을 보냈다.

우리 팀이 한정된 인력으로 이 일을 해낸 것은 기적에 다름 아니다.

'-에 다름 아니다'는 일본식 표현을 그대로 옮긴 것으로 불필요 하게 말을 늘어뜨린다. '기적이다'로 표현하는 것이 문장을 간결하 게 하고 글의 힘을 더한다.

✎ 우리 팀이 한정된 인력으로 이 일을 해낸 것은 기적이다.

우리 사회가 올바른 방향으로 나아가기 위해서는 무엇보다 지도자의 자리에 있는 사람들의 솔선수범이 필요하다.

'지도자들'이라고 하면 될 것을 '지도자의 자리에 있는 사람들'이 라는 쓸데없는 표현으로 글이 늘어진다.

✎ 우리 사회가 올바른 방향으로 나아가기 위해서는 무엇보다 지도자 들의 솔선수범이 필요하다.

한국 축구의 월드컵 4강 신화는 우리 자신은 물론이거니와 전 세계를 놀라게 한 쾌거라 하지 않을 수 없다.

'-이거니와' '-라 하지 않을 수 없다'는 군더더기 표현이 불필요하게 문장을 늘어뜨린다.

✎ 한국 축구의 월드컵 4강 신화는 우리 자신은 물론 전 세계를 놀라게 한 쾌거다.

우리의 학교 교육은 지식이나 기술을 주입하는 것에 치우쳐 있음을 부인할 수 없으며, 인간이 지닌 자질을 조화롭게 발달시키는 전인교육을 제대로 실시하지 못하고 있다고 볼 수 있다.

'-을 부인할 수 없으며'와 '-고 볼 수 있다'는 표현이 문장을 늘어지게 한다. '치우쳐 있으며' '못하고 있다'로 단정적으로 써야 문장이 깔끔해지고 주장이 분명해진다.

✎ 우리의 학교 교육은 지식이나 기술을 주입하는 것에 치우쳐 있으며, 인간이 지닌 자질을 조화롭게 발달시키는 전인교육을 제대로 실시하지 못하고 있다.

모의고사를 통해 나타난 약점을 파악해 보강하는 과정을 통해 부족한 부분을 다시 공부하면 성적을 많이 끌어올릴 수 있다.

'-를 통해' '-하는 과정을 통해'는 대부분 군더더기다. '모의고사를 통해'는 '모의고사에서'로, '보강하는 과정을 통해 부족한 부분을 다시 공부하면'은 '부족한 부분을 보강하면'으로 간결하게 고치는 게 낫다.

✎ 모의고사에서 나타난 약점을 파악해 부족한 부분을 보강하면 성적을 많이 끌어올릴 수 있다.

한국은 투자자 보호에 관한 법과 제도에 있어 중요한 취약점이 있으며, 외국인들은 우리의 거시경제 정책에 대해 신뢰하지 않고 있다.

'-에 관한' '-에 있어' '-에 대해'라는 표현을 즐겨 쓰지만 불필요한 경우가 대부분이다. '투자자 보호에 관한'은 '투자자를 보호하는', '제도에 있어'는 '제도에', '정책에 대해'는 '정책을'로 하면 된다.

✎ 한국은 투자자를 보호하는 법과 제도에 중요한 취약점이 있으며, 외국인들은 우리의 거시경제 정책을 신뢰하지 않고 있다.

임신 초기 초음파 검사로 임신이 자궁 내에 잘 되었는지 여부와 쌍둥이 임신은 아닌지 여부를 알 수 있으며, 아기의 심장이 뛰는지 여부에 따라 유산 가능성을 알 수 있다.

'되었는지' '아닌지' '뛰는지' 등 의문·추측을 나타내는 어미 '-ㄴ지' 다음의 '여부'는 필요 없다. 이처럼 '여부'가 불필요하게 사용되는 경우가 많으므로 없어도 말이 되면 빼야 한다.

✎ 임신 초기 초음파 검사로 임신이 자궁 내에 잘 되었는지와 쌍둥이 임신은 아닌지를 알 수 있으며, 아기의 심장이 뛰는지에 따라 유산 가능성을 알 수 있다.

올해부터 적용이 되는 새 입시제도에서는 내신이 당락의 변수가 될 것으로 예상이 된다. 학교나 학원에선 벌써부터 내신 관련 과목의 수업을 강화를 하고 있으며, 학부모들도 어떻게 대비를 해야 할지 걱정을 하고 있다.

'적용이 되는' '예상이 된다'에서는 '이(가)'를 넣어, '강화를 하고' '대비를 해야' '걱정을 하고'에선 '을(를)'을 넣어 불필요하게 단어를 두 개로 분리했다. 이렇게 단어를 토막 내면 글이 늘어지고 읽기 불편해진다. 각각 '적용되는' '예상된다' '강화하고' '대비해야' '걱정하고'로 고쳐야 간결하고 부드럽다.

✎ 올해부터 적용되는 새 입시제도에서는 내신이 당락의 변수가 될 것으로 예상된다. 학교나 학원에선 벌써부터 내신 관련 과목의 수업을 강화하고 있으며, 학부모들도 어떻게 대비해야 할지 걱정하고 있다.

우리 사회의 많은 분야가 지난 수십 년간에 걸쳐 국제 수준에 맞추어 급속한 발전을 이룩해 왔지만 이러한 추세에 부응해 제대로 따라오지 못한 분야 중 하나가 교육이다.

'지난 수십 년간에 걸쳐'에서 '-에 걸쳐'는 필요 없는 말이며, '급속한 발전을 이룩해 왔지만'은 '급속히 발전했지만'으로 간단하게 고칠 수 있다. '추세에 부응해 제대로 따라오지 못한'은 '추세를 따라오지 못한'으로 하는 것이 간결하다.

✎ 우리 사회의 많은 분야가 지난 수십 년간 국제 수준에 맞추어 급속히 발전했지만 이러한 추세를 따라오지 못한 분야 중 하나가 교육이다.

02

수식어
절제

의미를 강조하기 위해 '아주' '상당히' '많은' 등 수식어를 마구 덧붙이는 경향이 있다. 하지만 수식어가 많으면 문장이 늘어지고 읽기 불편해진다. 수식어를 지나치게 사용하면 글이 어설퍼 보이기도 한다. 문맥이나 글의 전체적 내용으로 자신의 의도를 전달해야지 수식어를 많이 붙인다고 의미가 뚜렷해지는 것은 아니다.

특히 여러 개의 수식어를 한꺼번에 나열하는 것은 금물이다. 이중 삼중으로 수식하는 구조는 문장을 구성하는 능력이 없음을 여실히 보여 주는 것이다. 꼭 필요한 수식어만 남기고 나머지는 빼야 깔끔하고 부드러운 문장이 된다. 수식어가 중첩되거나 긴 수식어가 올 때는 따로 떼어내 별도의 문장으로 만드는 것이 읽기 편하고 이해하기 쉽다.

사랑에 빠진 사람에게는 그의 연인이 세상의 다른 어느 누구보다 멋있어 보이고 그가 하는 행동·말 등 모든 것이 정말로 아름답게 느껴진다. 의미를 강하게 하려는 의도로 수식어 '다른'과 '정말로'를 넣었지만 실제로는 말을 늘어지게 함으로써 간결성을 떨어뜨리고 세련된 맛을 없앤다. 이들 수식어 없이 '어느 누구보다' '모든 것이'라는 표현만으로도 최상급을 나타내기에 충분하다.

✎ 사랑에 빠진 사람에게는 그의 연인이 세상 어느 누구보다 멋있어 보이고 그가 하는 행동·말 등 모든 것이 아름답게 느껴진다.

드라마 '사이코지만 괜찮아'의 촬영지인 소금산 출렁다리에는 많은 관광객의 발길이 끊이지 않고 있다.

많다는 것을 강조하기 위해 관광객 앞에 '많은'을 넣었다. 하지만 '발길이 끊이지 않고 있다'는 표현이 많다는 것을 충분히 나타내고 있으므로 '많은'은 불필요한 수식어다.

✎ 드라마 '사이코지만 괜찮아'의 촬영지인 소금산 출렁다리에는 관광객의 발길이 끊이지 않고 있다.

가격 경쟁력이 워낙 뛰어난 중국이 압도적으로 유리할 수밖에 없다.

뜻을 강하게 하기 위해 '워낙'과 '압도적으로'를 넣었지만 불필요한 수식어다. 이들 수식어가 오히려 글의 객관성을 떨어뜨린다. 중국이 경쟁력이 뛰어나고 유리한 것은 맞지만 '워낙'과 '압도적으로'는 주관적 판단이다. 글을 쓸 때는 이처럼 강조하는 수식어를 절제하는 것이 좋다.

✎ 1. 가격 경쟁력이 뛰어난 중국이 유리할 수밖에 없다.

2. 가격 경쟁력에서 앞선 중국이 유리할 수밖에 없다.

선거가 가까이 다가오자 후보들은 공약(空約)이 되기 십상인, 인기 영합
적인, 단편적인 표몰이 시책을 되는대로 마구 쏟아 내고 있다.

**전체적으로 수식어가 너무 많아 너저분하다. '가까이' '되는대로'
는 불필요한 수식어다. 또한 '공약이 되기 십상인' '인기 영합적인'
'단편적인' 등 '표몰이 시책'을 꾸며 주는 말이 나란히 있어 읽기
불편하다. 불필요한 수식어는 삭제하고, '표몰이 시책'을 꾸며 주
는 수식어는 서술성을 살려 나열하거나 따로 떼어내 두 문장으로
만들어야 한다.**

✎ 1. 선거가 다가오자 후보들은 공약(空約)이 되기 십상이고, 인기 영합
적이며, 단편적인 표몰이 시책을 마구 쏟아 내고 있다.

2. 선거가 다가오자 후보들은 표몰이 시책을 마구 쏟아 내고 있다. 이들
시책은 공약(空約)이 되기 십상이고, 인기 영합적이며, 단편적이다.

현재처럼 반도체 가격이 아주 불안정한 상황에서 다른 파트너를 찾으
려면 시간이 많이 걸리고 여러 가지 어려움도 많기 때문에 기존 업체와
의 제휴 협상에 가능한 한 최선을 다하고 있다.

**'아주' '많이' '여러 가지' '가능한 한' 등 불필요한 수식어를 남용
해 읽기 불편하다. 복잡해서 무슨 말인지 쉽게 와닿지도 않는다.**

✎ 현재처럼 반도체 가격이 불안정한 상황에서 다른 파트너를 찾으려

면 시간이 걸리고 어려움도 많기 때문에 기존 업체와의 제휴 협상에 최선을 다하고 있다.

기업이 외부의 전문 회사를 통하지 않고 자체적으로 서버를 구축하고 홈페이지를 직접 운영하기 위해서는 소요되는 비용이 상당히 많이 든다.

수식어 '외부의' '직접' '소요되는' '상당히'는 문장을 너저분하게 할 뿐 별다른 의미가 없는 말이다.

✎ 기업이 전문 회사를 통하지 않고 자체적으로 서버를 구축하고 홈페이지를 운영하기 위해서는 비용이 많이 든다.

정부는 그동안 심각한 사회문제가 되고 있는 외국인 산업연수생 이탈자 및 불법 체류자 방지 대책을 확실하게 수립해 강력하게 지속적으로 시행함으로써 연수생 제도의 정상적인 운영을 꾀하겠다고 밝혔다.

'되고 있는'이 현재형이므로 앞의 '그동안'은 필요 없으며, '확실하게' '강력하게' '지속적으로' 등은 비슷한 뜻의 수식어이므로 '강력하게' 하나만 있으면 된다.

✎ 정부는 심각한 사회문제가 되고 있는 외국인 산업연수생 이탈자 및 불법 체류자 방지 대책을 수립해 강력하게 시행함으로써 연수생 제도의 정상적인 운영을 꾀하겠다고 밝혔다.

03

이해하기 쉽게

쉽고도 간단하게 쓸 수 있는 내용을 공연히 복잡하고 어렵게 표현하는 경우가 있다. 글은 무게 있게 써야 한다는 편견에 사로잡혀 어려운 용어를 골라 쓰거나 단순한 내용을 장황하게 부풀려 쓰는 사람도 있다. 과거에는 무게 있고 어려운 글이 높이 평가되기도 했다.

그러나 시대가 바뀌었다. 요즘은 전달력을 우선으로 한다. 글을 쓰는 목적이 전달에 있기 때문이다. 자기 주장을 분명하게 전달하기 위해서는 글을 읽는 사람의 능력과 노력에 관계없이 누구나 이해할 수 있게끔 쉬운 말로 작성해야 한다. 특히 많은 독자를 대상으로 하는 글일수록 더욱 쉽게 써야 한다.

그렇다면 어떻게 작성하는 것이 쉽게 쓰는 것일까? 무엇보다 쉬운 용어를 사용해야 한다. 일상에서 많이 쓰이는 단어, 즉 빈도가 높은 단어를 써야 한다. 굳이 어려운 단어를 찾지 말고 일상에서 사용하는 쉬운 말로 서술하면 된다. 아울러 문장이 복잡하면 이해하기 힘들어지므로 가급적 간결하게 서술하는 것이 좋다. 한

번 읽고 바로 이해할 수 있게끔 쉽고도 간결하게 작성해야 한다.

불확실성이 지배하는 상황에서 기업들이 마음 놓고 투자하기는 어렵
다.
'불확실성이 지배하는'이라는 표현보다 '불확실한'이 쉽고 간결하
다.

✎ 불확실한 상황에서 기업들이 마음 놓고 투자하기는 어렵다.

우리가 매일같이 마시는 물이나 공기의 소중함을 제대로 인식하지 못
하고 있듯이 우리는 가정의 소중함을 마음에 깊이 새기지 못하고 살아
가는 경우가 종종 있다.
'제대로 인식하지 못하고 있듯이'와 '마음에 깊이 새기지 못하고
살아가는'이라는 복잡한 말보다 '모르듯이' '잊고 사는'이란 표현
이 간결하면서도 이해하기 쉽다.

✎ 우리가 매일같이 마시는 물이나 공기의 소중함을 모르듯이 우리는
가정의 소중함을 잊고 사는 경우가 종종 있다.

한국의 문화산업이 지금처럼 중국과 동남아 시장에서 경쟁력을 갖춰
나간다면 세계 문화산업 시장에서의 점유율을 상승시켜 종국적으로
국제 경쟁력을 제고하는 데 크게 기여할 것이다.
'점유율을 상승시켜 종국적으로 국제 경쟁력을 제고하는 데 크게

기여할 것이다'는 표현은 거창하기만 할 뿐 무슨 말인지 언뜻 와 닿지 않는다. '점유율이 상승하고 국제 경쟁력이 올라갈 것이다' 로 쉽고도 간단하게 쓰는 게 낫다.

✎ 한국의 문화산업이 지금처럼 중국과 동남아 시장에서 경쟁력을 갖 춰 나간다면 세계 문화산업 시장에서의 점유율이 상승하고 국제 경쟁 력이 올라갈 것이다.

욕망의 상품화라는 필연성과 여성에 대한 처절한 폭력을 근절한다는 가능성의 관계에서 상대적으로 열세에 있는 이러한 가능성을 현실화 할 수 있도록 하는 것은 우리의 절제와 감춰진 용기밖에 없다.

'욕망의 상품화' '필연성' '가능성의 관계' '가능성을 현실화' 등 관 념적이고 추상적인 말들이 구체적으로 무엇을 뜻하는지 알기 어 렵다. 이처럼 어렵고 복잡하게 글을 써서는 의미를 제대로 전달하 고 공감을 얻기 힘들다. 가능한 한 쉬운 말로 간결하게 써야 한다.

✎ 성의 상품화라는 필연성에 비해 여성에 대한 처절한 폭력을 근절하 는 노력은 부족하다. 이러한 폭력을 근절하기 위해서는 우리의 절제와 감춰진 용기가 필요하다.

한국의 출입국관리법은 아직까지 남편이 외국인이라는 이유만으로 노 동할 권리를 박탈함으로써 안정적으로 가정을 유지할 수 있는 최소한 의 권리마저 보장하지 않고 있다.

'노동할 권리를 박탈함으로써' '최소한의 권리마저 보장하지 않고 있다'는 의미가 선뜻 와 닿지 않는다. 좀 더 쉬운 말로 구체적이면서도 단순하게 쓰는 것이 낫겠다.

✎ 한국의 출입국관리법은 아직까지 남편이 외국인이라는 이유만으로 취업을 하지 못하게 함으로써 안정적으로 가정을 유지할 수 없게 하고 있다.

04

문장은
짧게

"아이고, 노인네 숨넘어가겠네." 신문사에서 데스크가 종종 하는 말이다. 문장이 너무 길다는 뜻이다. 아무리 잘 짜인 문장이라 하더라도 길면 사람의 호흡과 일치하지 않으므로 읽어 내려가기 힘들고 지루하게 느껴지기 때문이다. 문장이 길어서 좋은 점은 거의 없다. 길면 구성 요소가 복잡하게 얽혀 너저분해지고 의미를 파악하기도 어렵게 된다.

한 문장은 딱히 몇 자가 돼야 한다고 단정할 수는 없지만 일반적으로 30자나 50자 이내가 적당하다. 길어도 60자를 넘지 않는 것이 바람직하다. 200자 원고지에 글을 쓰는 경우 세 줄을 넘기지 말아야 한다. 세 줄을 넘긴다면 호흡이 길어지기 때문에 누구나 불편을 느끼게 된다.

한 문장에 너무 많은 내용을 집어넣으려 하지 말고 한 가지 내용만 담는다는 생각으로 짧게 끊어 쓰는 것이 좋다. 긴 듯하거나 복잡하다 싶으면 두세 문장으로 나눠 써야 한다. 그렇다고 짧은 문장이 계속 이어지면 단조로우므로 길이에 적당히 변화를 주면서 리듬감 있게 써 내려가야 한다.

많은 수험생이 전공과 대학의 선택이 얼마나 중요한 것인지 깨닫지 못하고 인기학과나 소위 명문 대학을 중시해 진학하는 경향이 짙으며, 특히 최근에는 취업난 때문에 졸업 후 진로에 대한 고민으로 학과 선호도가 분명해지고 있지만 자신에게 맞지 않는 전공을 선택해 대학에 입학한 학생들의 경우 전공 공부에 흥미를 갖지 못하고 방황하는 사례가 많다.

이처럼 문장이 길면 끝까지 읽어 내려가기 힘들고 의미를 파악하기 어렵다. 다 읽고도 무슨 말인지 몰라 다시 한 번 읽어야 하는 수고를 끼칠 수 있다. 적당한 길이로 끊어 메시지를 나누어 담는 것이 바람직하다.

✎ 많은 수험생이 전공과 대학의 선택이 얼마나 중요한 것인지 깨닫지 못하고 있다. 인기학과나 소위 명문 대학을 중시해 진학하는 경향이 짙다. 특히 최근에는 취업난 때문에 졸업 후 진로에 대한 고민으로 학과 선호도가 분명해지고 있다. 하지만 자신에게 맞지 않는 전공을 선택해 대학에 입학한 학생들의 경우 전공 공부에 흥미를 갖지 못하고 방황하는 사례가 많다.

그 여자가 양쪽 입 꼬리를 살짝 들어 올리며 반달눈을 만들어 그 사랑에 만족스러워할 때 여자들은 그것이 사랑에 빠진 여인이 만들어 내는 표정의 정답임을 의심치 않았고, 양 눈썹 사이 주름조차 귀엽게 찡그리며 가짜 표정을 연기할 때 관객들은 남녀 관계에 필요악으로 존재하는 위선의 중요함을 깨달았으며, 심지어 엉엉 울 때 일그러지는 입 모양까지 귀엽게 만들어야 그와의 의도치 않았던 멋진 하룻밤이 선뜻 닥친다는 진리를 전파했다.

잘 구성된 문장에 재미있는 내용이라 하더라도 이렇게 길면 숨이 차 제대로 읽을 수 없다. 몇 개의 문장으로 나누어 써야 읽기 편하고 글에 리듬감을 줄 수 있다.

✎ 그 여자가 양쪽 입 꼬리를 살짝 들어 올리며 반달눈을 만들어 그 사랑에 만족스러워할 때 여자들은 그것이 사랑에 빠진 여인이 만들어 내는 표정의 정답임을 의심치 않았다. 양 눈썹 사이 주름조차 귀엽게 찡그리며 가짜 표정을 연기할 때 관객들은 남녀 관계에 필요악으로 존재하는 위선의 중요함을 깨달았다. 심지어 엉엉 울 때 일그러지는 입 모양까지 귀엽게 만들어야 그와의 의도치 않았던 멋진 하룻밤이 선뜻 닥친다는 진리를 전파했다.

정보서비스·전자상거래·홈뱅킹 등 수용자의 다양한 정보 욕구를 충족시켜 줄 쌍방향 데이터 서비스를 앞당기기 위해서는 방송·통신 융합에 따른 데이터 서비스 개념을 정립하고 새로운 제도적 기반을 마련해야 하며, 기술 개발 및 표준형 수신기의 생산 산업화를 조속히 이루어야 한다.

어렵고 딱딱한 내용일수록 짧게 끊어 쓰는 것이 좋다. 두세 문장으로 분리해 메시지를 나누어 담으면 훨씬 읽기 편하고 의미를 파악하기 쉽다.

✎ 1. 쌍방향 데이터 서비스는 정보서비스·전자상거래·홈뱅킹 등 수용자의 다양한 정보 욕구를 충족시켜 준다. 이러한 서비스를 앞당기기 위해서는 방송·통신 융합에 따른 데이터 서비스 개념을 정립하고 새로운 제도적 기반을 마련해야 하며, 기술 개발 및 표준형 수신기의 생산 산업화를 조속히 이루어야 한다. 〈두 문장〉

2. 쌍방향 데이터 서비스는 정보서비스·전자상거래·홈뱅킹 등 수용자의 다양한 정보 욕구를 충족시켜 준다. 이러한 서비스를 앞당기기 위해서는 방송·통신 융합에 따른 데이터 서비스 개념을 정립하고 새로운 제도적 기반을 마련해야 한다. 이와 함께 기술 개발 및 표준형 수신기의 생산 산업화를 조속히 이루어야 한다. 〈세 문장〉

제2장

중복을 피하라

상대방이 방금 한 얘기를 되풀이하면 듣기 좋아하는 사람이 있을까? 아마도 대부분 싫어할 것이다. 글에서도 마찬가지다. 글에서 가장 보기 싫은 부분 중 하나가 중복이다. 전체 글에서 내용이 중복되는 것은 물론이고 한 문장 안에서도 각종 중복을 피해야 한다. 한 문장에서 같은 단어나 구절이 여러 번 나오기도 하고, 형태는 다르지만 같은 뜻이 반복되기도 한다. 한자어와 우리말이 어울리면서 생긴 겹말(중복어)이 쓰이는 경우도 많다.

같은 단어나 표현이 반복되면 읽기 불편하고 지루해진다. 또 문장의 기본 요건인 간결성이 떨어짐으로써 글의 세련된 맛이 없어진다. 어휘력·표현력이 부족한 경우도 있지만 대부분 주의를 기울이지 않거나 요령이 없기 때문에 이러한 중복이 나온다.

조금만 신경 쓰면 웬만한 중복은 피할 수 있다. 의미를 크게 해치지 않는 선에서 중복된 부분을 다른 말로 바꾸어 주거나 불필요한 표현을 빼면 한결 깔끔하고 부드러운 문장이 된다. 한 문장 안에서뿐 아니라 가까이 있는 문장과 전체 글에서도 가능하면 중복을 피해야 한다. 특히 문장을 마무리할 때 같은 표현으로 끝내지 않도록 주의해야 한다.

05

단어
중복

글쓰기 훈련이 제대로 돼 있지 않은 사람의 글일수록 단어의 중복이 눈에 많이 띈다. "어떤 경우에는 ~한 경우가 있으며, 이 경우 ~한다"는 식으로 같은 단어를 반복 사용함으로써 문장을 볼품없이 만든다. 요령을 부려 "어떤 경우에는 ~한 예가 있으며, 이때는 ~한다"로 적당히 바꾸면 부드러운 문장이 된다.

이처럼 반복되는 단어를 의미상 크게 차이가 나지 않는 다른 낱말로 바꾸어 주거나 꼭 필요하지 않은 것은 생략하면 어느 정도 중복을 피할 수 있다. 무심코 글을 쓰다 보면 같은 단어가 겹쳐 나오기 쉬우므로 다 쓴 다음에는 불필요하게 중복된 것이 없는지 살펴봐야 한다.

우리 완성차 업계의 평균 임금 수준은 세계 최고 수준이다.
'수준'이 반복해서 나온다. '~은 ~다' 형태에서 많이 발생하는 중복이다.

✎ 우리 완성차 업계의 평균 임금은 세계 최고 수준이다.

수업시간에 배운 것은 수업시간에 다 이해하고 넘어가야지 수업시간에 놓치면 따라오기 힘들다.

한 문장에서 '수업시간'이 세 번 나온다. 문맥에 맞게 적당히 다른 말로 바꾸어 주면 된다.

✎ 수업시간에 배운 것은 그 자리에서 다 이해하고 넘어가야지 한번 놓치면 따라오기 힘들다.

우리 학교는 이 지역에서 역사와 전통이 가장 오래된 학교이며, 훌륭한 인재를 많이 배출한 학교다.

'학교'가 세 번이나 나온다. 주어의 '학교'만 남기고 나머지는 적당히 다른 말로 바꿔 주어야 한다.

✎ 우리 학교는 이 지역에서 역사와 전통이 가장 오래됐으며, 훌륭한 인재를 많이 배출한 곳이다.

이 업체는 매출액 기준으로 유럽 최대 기업이며, 상업용 인공위성 발사체 업체와 민간용 헬리콥터 업체로는 세계 1위 업체다.

'업체'가 네 번이나 나온다. 불필요한 것은 빼고 다른 말로 바꾸면 된다.

✎ 이 회사는 매출액 기준으로 유럽 최대 기업이며, 상업용 인공위성 발사체와 민간용 헬리콥터 업체로는 세계 1위다.

국회의원들의 사치성 외유에 대한 비난이 높지만 여성특위 시찰단의 경우 알찬 활동을 한 경우도 있으며, 목적이 분명하고 사전준비를 철저히 한 경우다.

'경우'가 세 번 나온다. 부주의하게 글을 썼거나 요령이 없음을 보여 준다.

✎ 국회의원들의 사치성 외유에 대한 비난이 높지만 여성특위 시찰단의 경우 알찬 활동을 한 예도 있으며, 목적이 분명하고 사전준비를 철저히 한 결과다.

아직은 고객이 많지 않지만 문의가 많아지고 찾아오는 손님도 많아지고 있어 전망이 밝다.

'많지 않지만' '많아지고' '많아지고' 등 '많다'를 활용한 표현이 반복해 나온다. 비슷한 단어인 '늘어나다' '증가하다'로 바꾸어 주면 중복을 피할 수 있다. 우리말은 어휘가 풍부하다는 것이 특징이다.

✎ 아직은 고객이 많지 않지만 문의가 늘어나고 찾아오는 손님도 증가하고 있어 전망이 밝다.

현재 1만5000명 이상으로 추산되는 프랑스 전업 매춘부 중 60%가 외국인이며, 그중 절반 이상이 파리에서 활동 중이다.

'매춘부 중' '그중' '활동 중이다' 등 '중'이 계속해 나온다. 요즘 '-

하고 있다' 대신 어떤 상태에 있는 동안을 나타내는 '-중이다'를 많이 쓰고 있지만 이처럼 중복을 만드는 요인이 되기도 한다. '-하고 있다'가 겹치는 경우에만 '-중이다'를 쓰는 것이 바람직하다. '-중이다'는 영어의 '-ing'를 단순 번역하면서 늘어난 현상이다.

✎ 현재 1만5000명 이상으로 추산되는 프랑스 전업 매춘부 중 60%가 외국인이며, 그 가운데 절반 이상이 파리에서 활동하고 있다.

나만 이런 고민을 하고 있는 것이 아니라는 것을 알게 된 것이 가장 좋았다.

'것'이 세 번 나온다. 글을 쓰다 보면 이처럼 한 문장에 '것'이 여러 번 나오는 경우가 종종 있다. 가능하면 다른 단어로 바꾸어 최대한 줄이는 것이 읽기 편하다.

✎ 1. 나만 이런 고민을 하고 있는 게 아니라는 걸 알게 된 것이 가장 좋았다.

2. 나만 이런 고민을 하고 있는 게 아니라는 것을 알게 된 점이 가장 좋았다.

3. 나만 이런 고민을 하고 있는 게 아니라는 사실을 알게 된 것이 가장 좋았다.

설립 당시 100여 개 회사에 불과했던 고객사들이 6년이 지난 지금 전 세계 80여 개국 18만여 개 회사로 늘었다.

'회사' '고객사' '회사' 등 비슷하거나 같은 단어가 중복돼 있다. '고객사' 하나만 있으면 된다.

✎ 설립 당시 100여 개에 불과했던 고객사들이 6년이 지난 지금 전 세계 80여 개국 18만여 개로 늘었다.

아파트에 입주하기 일주일 전쯤 보일러를 30도 정도로 가동시켜 실내 유독가스를 배출시키고 집 안을 환기시켜야 한다.

'가동시켜' '배출시키고' '환기시켜야' 등 불필요하게 '-시키다'를 반복하고 있다. '-하다'로도 충분히 뜻이 통하는 단어이므로 '가동해' '배출하고' '환기해야'로 고쳐야 한다.

✎ 아파트에 입주하기 일주일 전쯤 보일러를 30도 정도로 가동해 실내 유독가스를 배출하고 집 안을 환기해야 한다.

눈물 젖은 빵을 먹었다며 우스개를 늘어놓으며 승부처에서 마운드에 오르면 더 짜릿하다며 두둑한 배짱을 과시했다.

'먹었다며' '늘어놓으며' '짜릿하다며' 등 '-며'가 세 번이나 나와 읽기 불편하다. 연결어미나 접속사를 사용할 때도 가능하면 같은 말을 피해야 한다. '-며' '-면서' '-고'를 적당히 섞어 쓰면 된다.

✎ 1. 눈물 젖은 빵을 먹었다고 우스개를 늘어놓으면서 승부처에서 마운드에 오르면 더 짜릿하다며 두둑한 배짱을 과시했다.

2. 눈물 젖은 빵을 먹었다고 우스개를 늘어놓으며 승부처에서 마운드에 오르면 더 짜릿하다면서 두둑한 배짱을 과시했다.

장기 기증 행사가 각계각층으로 널리 확산돼 장기 기증을 통한 이웃 사랑 실천이 범국민적 행사로 널리 확산되고, 이를 실천해 나가는 일련의 아름다운 행사로 확산되었으면 한다.

'널리'가 두 번 나오고, '행사'와 '확산'이 세 번씩 나온다. 요령이 없거나 어휘력이 부족함을 보여 준다. '확산'이 널리 퍼진다는 뜻이므로 '널리'는 빼야 한다. 불필요한 '행사'는 줄이고, '확산'은 적당히 다른 말로 바꾸어 주면 된다.

✎ 장기 기증 운동이 각계각층으로 확산돼 장기 기증을 통한 이웃 사랑 실천이 범국민적으로 퍼지고, 이를 실천해 나가는 일련의 아름다운 행사로 발전했으면 한다.

구절 중복

✎ 06

구절 중복은 구(句) 또는 절(節)의 중복을 말한다. '-할 수 있는' '-하기 위해' '-에 대한' 등 주로 구 형태의 중복이 많다. 이는 글 쓰는 사람의 습관에서 오는 경우가 대부분이다. 표현을 다양하게 하지 못하고 무의식적으로 같거나 비슷한 구절을 되풀이함으로써 문장을 단조롭게 만든다.

단어 중복과 달리 눈에 바로 띄지 않는 경우가 많으므로 다 쓴 다음에 찬찬히 읽어 보면서 구절 중복이 없나 살펴봐야 한다. 이 역시 필요 없는 것은 빼고 중복되는 부분을 문맥에 맞게 적당히 다른 말로 바꾸어 주면 단순함을 피할 수 있고 글도 훨씬 부드럽게 흘러간다.

EBS 수능 강좌가 사교육비를 획기적으로 줄일 수 있는 계기가 될 수 있을 것으로 기대된다.

비슷한 구절인 '줄일 수 있는' '될 수 있을'이 겹쳐 나와 어색하다. 둘 중 하나만 있어도 된다.

✎ 1. EBS 수능 강좌가 사교육비를 획기적으로 줄일 수 있는 계기가 될 것으로 기대된다.

2. EBS 수능 강좌가 사교육비를 획기적으로 줄이는 계기가 될 수 있을 것으로 기대된다.

방학을 맞이해 학생 신분에서 벗어나는 행동을 하지 않도록 하기 위해서는 성인만화방·비디오방·오락실 등에 출입하지 않도록 해야 한다.

'-하지 않도록 하기 위해서는'이 같은 표현인 '-하지 않도록 해야 한다'로 연결돼 어설프다. 다른 말로 바꿔야 한다.

✎ 방학을 맞이해 학생 신분에서 벗어나는 행동을 하지 않도록 하기 위해서는 성인만화방·비디오방·오락실 등에 출입하지 말아야 한다.

거시지표상으로 볼 때 현 경제상황을 위기라 할 수 없지만 투자와 소비 위축으로 볼 때 심각한 상황임이 분명하다.

'-로 볼 때'가 반복돼 단조롭다. 앞의 것을 '-로 보면' 또는 '-로는'으로 바꾸면 된다.

✎ 1. 거시지표상으로 보면 현 경제상황을 위기라 할 수 없지만 투자와 소비 위축으로 볼 때 심각한 상황임이 분명하다.

2. 거시지표상으로는 현 경제상황을 위기라 할 수 없지만 투자와 소비 위축으로 볼 때 심각한 상황임이 분명하다.

이 업체는 다음 달 20일까지 '봄 혼수 대축제' 행사를 벌이면서 휴대전화·노트북은 20%, 냉장고·TV는 15% 할인 판매하는 행사를 벌인다.

같은 표현인 '행사를 벌이면서' '행사를 벌인다'가 이어짐으로써 어색하게 다가온다.

✎ 이 업체는 다음 달 20일까지 '봄 혼수 대축제' 행사를 벌이면서 휴대전화·노트북은 20%, 냉장고·TV는 15% 할인 판매한다.

폭탄 테러를 막기 위해 건물 입구에 차량 진입을 막기 위한 바리케이드를 이중 삼중으로 설치했다.

'-를(을) 막기 위해(위한)'라는 구조를 지닌 '테러를 막기 위해' '진입을 막기 위한'이 이어져 단조로운 느낌을 준다.

✎ 폭탄 테러를 막기 위해 건물 입구에 차량 진입 방지용 바리케이드를 이중 삼중으로 설치했다.

남북의 첨예한 대치로 국민 개병제를 채택할 수밖에 없는 우리의 안보 환경을 고려하면 평화 정착이 이뤄질 때까지는 현 징병제를 유지할 수밖에 없는 실정이다.

'-할 수밖에 없는'이 반복돼 어색하다. 앞의 것을 '-하지 않을 수 없는'으로 변화를 주거나 뒤의 것을 '-해야 하는'으로 바꾸면 된다.

✎ 1. 남북의 첨예한 대치로 국민 개병제를 채택하지 않을 수 없는 우리

의 안보 환경을 고려하면 평화 정착이 이뤄질 때까지는 현 징병제를 유지할 수밖에 없는 실정이다.

2. 남북의 첨예한 대치로 국민 개병제를 채택할 수밖에 없는 우리의 안보 환경을 고려하면 평화 정착이 이뤄질 때까지는 현 징병제를 유지해야 하는 실정이다.

노인 학대에 대한 문제를 중재하고 실태를 파악하도록 하는 것은 학대에 대한 관심 부족, 중재에 대한 지식 부족 등으로 인해 실패해 왔다.

'노인 학대에 대한' '학대에 대한' '중재에 대한' 등 '－에 대한'이 반복해 나온다. 불필요한 것은 빼고 비슷한 단어로 바꾸어 주면 훨씬 부드러워진다.

✎ 노인 학대 문제를 중재하고 실태를 파악하도록 하는 것은 학대에 대한 관심 부족, 중재에 관한 지식 부족 등으로 인해 실패해 왔다.

대부분의 청소년은 연예인이 되는 것이 쉽다고 생각하지만 연예인이 되는 것이 하루아침에 되는 일은 아니다.

'연예인이 되는 것' '연예인이 되는 것' '하루아침에 되는 일' 등 같거나 비슷한 구절이 연이어 나온다. 필요 없는 것은 빼고 적당한 말로 바꿔 주면 된다.

✎ 1. 대부분의 청소년은 연예인이 되기가 쉽다고 생각하지만 연예인이 하루아침에 되는 것은 아니다.

2. 대부분의 청소년은 연예인이 되는 것이 쉽다고 생각하지만 하루 아침에 이루어지는 일은 아니다.

막연하게 여러 대학을 지원하다 실패하면 많은 후유증에 시달리게 될 것이다. 따라서 학생부교과 전형 등 대학별 고사의 특징을 살펴 지원 전략을 잘 수립해야 할 것이다. 자신의 능력에 맞게 대학을 선택하는 것이 가장 중요하다고 할 것이다.

모든 문장이 '-할(될) 것이다'로 끝나 눈에 거슬린다. 주변 문장이 같은 표현으로 끝나지 않도록 주의해야 한다.

✎ 막연하게 여러 대학을 지원하다 실패하면 많은 후유증에 시달리게 된다. 따라서 학생부교과 전형 등 대학별 고사의 특징을 살펴 지원 전략을 잘 수립해야 한다. 자신의 능력에 맞게 대학을 선택하는 것이 가장 중요하다.

07

의미
중복

모양이 같은 단어나 구절은 아니지만 내용상 동일한 의미가 되풀이되는 것을 말한다. "무슨 일이 있어도 절대로 잊어선 안 된다"에서처럼 의미를 부연하거나 강조하려는 의도에서 비롯되는 경우가 많다. 새로운 내용 없이 표현만 달리해 같은 말을 또 하는 것이라 볼 수 있다.

물론 말할 때는 강조하기 위해 이러한 표현을 쓸 수도 있지만 글이란 말보다 완전하고 체계적이어야 하기 때문에 이런 것이 용납되지 않는다. 의미 중복 역시 같은 내용을 되풀이해 문장을 늘어지게 함으로써 읽는 속도를 떨어뜨리고 지루한 느낌을 준다. 의미가 중복되는 부분은 어느 한쪽을 선택해 표현하면 간단하게 해결된다.

행복해지려면 우선 자신의 건강부터 먼저 신경 써야 한다.

'우선'과 '먼저'는 같은 뜻이므로 하나만 있으면 된다.

✎ 1. 행복해지려면 우선 자신의 건강부터 신경 써야 한다.

2. 행복해지려면 자신의 건강부터 먼저 신경 써야 한다.

예상치 못한 갑작스러운 출장으로 옷가지를 챙겨 오지 못했다.

'예상치 못한'과 '갑작스러운'은 같은 뜻이므로 둘 중 하나를 선택해야 한다.

✎ 1. 예상치 못한 출장으로 옷가지를 챙겨 오지 못했다.

2. 갑작스러운 출장으로 옷가지를 챙겨 오지 못했다.

우리는 전쟁에서 이기기 위해 죽기를 각오하고 결사적으로 싸웠다.

'죽기를 각오하고'와 '결사적으로'는 같은 의미다.

✎ 1. 우리는 전쟁에서 이기기 위해 죽기를 각오하고 싸웠다.

2. 우리는 전쟁에서 이기기 위해 결사적으로 싸웠다.

지난해 물가 상승률을 감안한 실질국내총생산 증가율은 겨우 3.1%에 불과했다.

'겨우 -다'와 '불과하다'는 같은 뜻이므로 둘 중 한 가지로 표현해야 한다.

✎ 1. 지난해 물가 상승률을 감안한 실질국내총생산 증가율은 겨우 3.1%였다.

2. 지난해 물가 상승률을 감안한 실질국내총생산 증가율은 3.1%에 불과했다.

시험에 대한 중압감으로 너무 많이 신경을 써 지나치게 고민하면 건강을 해칠 수 있다.

'너무 많이 신경을 쓰는 것'이나 '지나치게 고민하는 것'은 비슷한 뜻이다.

✎ 1. 시험에 대한 중압감으로 너무 많이 신경을 쓰면 건강을 해칠 수 있다.

2. 시험에 대한 중압감으로 지나치게 고민하면 건강을 해칠 수 있다.

연일 비가 오거나 흐린 장마철에는 무기력하게 늘어져 활력이 떨어지고 우울해지기 쉽다.

'무기력하게 늘어지는 것'과 '활력이 떨어지는 것'은 같은 뜻이므로 하나만 있으면 된다.

✎ 1. 연일 비가 오거나 흐린 장마철에는 무기력하게 늘어지고 우울해지기 쉽다.

2. 연일 비가 오거나 흐린 장마철에는 활력이 떨어지고 우울해지기 쉽다.

경제 문제가 유권자들의 투표를 결정하는 중요한 요인이 될 수밖에 없는 것은 어쩔 수 없는 불가피한 일이다.

'어쩔 수 없는'과 '불가피한'은 같은 뜻이므로 둘 중 하나는 필요없다.

✎ 1. 경제 문제가 유권자들의 투표를 결정하는 중요한 요인이 될 수밖에 없는 것은 어쩔 수 없는 일이다.

2. 경제 문제가 유권자들의 투표를 결정하는 중요한 요인이 될 수밖에 없는 것은 불가피한 일이다.

아울러 부유층에게는 세금을 아무리 많이 물려도 괜찮다는 쪽으로 사회 분위기가 몰리는 것도 문제다.

'아울러'와 '몰리는 것도'의 '-도'는 의미상 중복되는 말이므로 '아울러'를 없애야 한다. '아울러' 대신 '또한'이 와도 마찬가지다.

✎ 부유층에게는 세금을 아무리 많이 물려도 괜찮다는 쪽으로 사회 분위기가 몰리는 것도 문제다.

성 범죄자의 신상 공개는 이미 법원의 판결로 처벌받은 사람을 또다시 이중 처벌하는 제도라는 지적도 있다.

'또다시'와 '이중'은 같은 의미이므로 하나는 빼야 한다.

✎ 1. 성 범죄자의 신상 공개는 이미 법원의 판결로 처벌받은 사람을 또다시 처벌하는 제도라는 지적도 있다.

2. 성 범죄자의 신상 공개는 이미 법원의 판결로 처벌받은 사람을 이중 처벌하는 제도라는 지적도 있다.

코로나 사태로 미국은 자국을 방문하는 외국인들에 대한 입국심사 절차를 대폭 강화하겠다고 밝혔다.

'입국'이 나라 안으로 들어가는 것이고, '외국인들'이 있으므로 '자국을 방문하는'은 없어도 된다.

✎ 코로나 사태로 미국은 외국인들에 대한 입국심사 절차를 대폭 강화하겠다고 밝혔다.

불쾌지수가 높은 날엔 누구나 불쾌지수가 높아져 있다는 사실을 인식하고 꼭 필요한 경우가 아니면 가급적 대인 관계를 줄이는 게 좋다.

'불쾌지수가 높은'과 '불쾌지수가 높아져'는 구절 중복이며, '꼭 필요한 경우가 아니면'과 '가급적'은 의미 중복이다.

✎ 1. 불쾌지수가 높은 날엔 누구나 마찬가지라는 사실을 인식하고 꼭 필요한 경우가 아니면 대인 관계를 줄이는 게 좋다.

2. 불쾌지수가 높은 날엔 이 같은 사실을 인식하고 가급적 대인 관계를 줄이는 게 좋다.

전문가들에 따르면 비브리오 패혈증은 똑같이 회를 먹더라도 건강인이 걸리는 병은 아니며 면역 기능이 떨어진 환자에게서만 발생하는 기회감염병이다.

'건강인이 걸리지 않는 병'과 '면역 기능이 떨어진 환자에게서만 발생하는 병'은 비슷한 뜻이므로 앞의 것을 없애도 충분히 의미가 전달된다.

✎_ 전문가들에 따르면 비브리오 패혈증은 똑같이 회를 먹더라도 면역 기능이 떨어진 환자에게서만 발생하는 기회감염병이다.

08

겹말

겹말은 대부분 한자어와 우리말이 어울리는 형태를 띤다. 한자어만으론 무언가 의미 표현이 충분하지 않다고 여기기 때문에 생겨나는 현상으로 볼 수 있다. 일상에서는 '역전앞' '옥상위' '내면속' 등 단어 형태의 겹말과 '다시 재론하다' '과반수 이상' '오랜 숙원' 등 구 형태의 겹말이 두루 쓰이고 있다. '처갓집' '상갓집' '해안가' 등은 사전에서도 현실을 인정해 표제어로 올려놓았다.

하지만 겹말 역시 비효율적인 군더더기 표현으로 언어의 경제성을 떨어뜨리므로 피해야 한다. 겹말이 많으면 한자어의 뜻을 정확히 모르거나 주의를 기울이지 않고 글을 썼다는 것을 보여 주기 때문에 좋은 인상을 줄 수 없다. 중복된 부분을 빼거나 다른 말로 바꾸어 주어야 깔끔한 문장이 된다.

고교생 대부분은 학교를 마치면 학원으로 곧바로 직행한다.

'직행한다'가 곧바로 간다는 뜻이므로 '곧바로'는 겹말이다.

✎ 1. 고교생 대부분은 학교를 마치면 학원으로 직행한다.

2. 고교생 대부분은 학교를 마치면 학원으로 곧바로 간다.

경기 침체로 인해 소비자들은 저가 상품을 더 선호한다.

'선호한다'가 '여럿 가운데 특별히 좋아한다' 또는 '더 좋아한다'는
뜻이므로 '더'는 불필요하다.

✎ 1. 경기 침체로 인해 소비자들은 저가 상품을 선호한다.

2. 경기 침체로 인해 소비자들은 저가 상품을 더 좋아한다.

남북 관계는 지금 중대한 기로에 서 있다.

'기로(岐路)'가 중대한 고비를 의미하므로 '중대한'은 겹말이다.

✎ 남북 관계는 지금 기로에 서 있다.

우리 회사가 새로 개발한 신제품은 세계적 경쟁력을 가진 것으로 평가
받고 있다.

새로 만든 제품이 '신제품'이므로 '새로'는 필요 없는 말이다.

✎ 우리 회사가 개발한 신제품은 세계적 경쟁력을 가진 것으로 평가받
고 있다.

버스를 타고 집에서 회사까지 약 한 시간 정도 걸린다.

'약'과 '정도'는 같은 뜻으로 둘 중 하나만 있으면 된다.

✎ 1. 버스를 타고 집에서 회사까지 약 한 시간 걸린다.

2. 버스를 타고 집에서 회사까지 한 시간 정도 걸린다.

전문가들은 아동의 창의성이 만 4~11세 사이에 급격하게 변화하는 것으로 보고 있다.

'4~11세'가 '4세에서 11세 사이'이므로 '사이에'는 필요 없다.

✎ 전문가들은 아동의 창의성이 만 4~11세에 급격하게 변화하는 것으로 보고 있다.

북한은 아직도 선군(先軍) 제일주의를 앞세우고 있다.

군을 앞세우는 것이 '선군'이므로 '앞세우다'는 필요 없다.

✎ 북한은 아직도 선군(先軍) 제일주의를 취하고 있다.

각 표준별로 장단점이 있기 때문에 소비자들의 선호도에 의해 시장에서 승부가 날 때까지는 한 기술에만 집착하지 않고 모든 가능성을 열어 두겠다.

'-별(別)'이 '각각'을 뜻하므로 '각'은 겹말이다.

✎ 표준별로 장단점이 있기 때문에 소비자들의 선호도에 의해 시장에서 승부가 날 때까지는 한 기술에만 집착하지 않고 모든 가능성을 열어 두겠다.

우리 마을 입구에는 고목나무 한 그루가 서 있으며 어른들은 이 나무가 동네를 지켜 주는 수호신이라 믿고 있다.

'고목(古木)'이 오래된 나무라는 뜻이므로 '고목나무'는 겹말이다. '나무'를 붙이면 의미가 명확해지긴 하지만 문맥상으로 '나무'라는 사실이 드러나게 마련이므로 겹말인 '고목나무'를 굳이 쓸 필요가 없다.

✎ 우리 마을 입구에는 고목 한 그루가 서 있으며 어른들은 이 나무가 동네를 지켜 주는 수호신이라 믿고 있다.

결혼을 준비하고 있는 예비신부들은 이번 행사에서 혼수품을 마련하면 비용을 줄일 수 있다.

'예비신부'가 결혼을 준비하고 있는 신부이므로 '결혼을 준비하고 있는'은 불필요하다.

✎ 예비신부들은 이번 행사에서 혼수품을 마련하면 비용을 줄일 수 있다.

외국인의 매수세로 주가는 나흘 연속 상한가 행진을 이어 갔다.

'이어 가다'와 '연속하다'는 같은 뜻이므로 '연속'과 '이어 갔다'는 겹말이다.

✎ 1. 외국인의 매수세로 주가는 나흘간 상한가 행진을 이어 갔다.

2. 외국인의 매수세로 주가는 나흘 연속 상한가를 기록했다.

정치적 의사표현은 누구나 자유롭게 밖으로 표출할 수 있는 헌법에 보장된 국민의 권리다.

'표출'이 밖으로 드러내는 것이므로 '밖으로'는 필요 없는 말이다.

✎ 1. 정치적 의사표현은 누구나 자유롭게 표출할 수 있는 헌법에 보장된 국민의 권리다.

2. 정치적 의사표현은 누구나 자유롭게 밖으로 드러낼 수 있는 헌법에 보장된 국민의 권리다.

국민에게 봉사하는 공무원이 되겠다고 시험에 응시한 사람들이 어떻게 이처럼 몰상식한 행동을 하는지 이해할 수 없다.

'응시'가 '시험에 응하다'는 뜻이므로 '시험에'는 겹말이다.

✎ 국민에게 봉사하는 공무원이 되겠다고 응시한 사람들이 어떻게 이처럼 몰상식한 행동을 하는지 이해할 수 없다.

여야는 이날 온종일 당직자회의와 의원총회 등을 잇따라 열고 상대방을 비난하는 데 모든 당력을 집중했다.

'집중(集中)'이 한 가지 일에 모든 힘을 쏟아붓는 것이므로 '모든'은 불필요하다.

✎ 여야는 이날 온종일 당직자회의와 의원총회 등을 잇따라 열고 상대방을 비난하는 데 당력을 집중했다.

그는 정부와 재계가 구속 노동자 석방, 성실한 단체교섭 등 전제조건을 먼저 만족시켜야 한다고 주장했다.

'전제조건'이 먼저 내세우는 조건이므로 '먼저'는 겹말이다.

✎ 그는 정부와 재계가 구속 노동자 석방, 성실한 단체교섭 등 전제조건을 만족시켜야 한다고 주장했다.

✎ 자주 쓰이는 겹말

복합어처럼 쓰이는 겹말

과반수 이상 → 과반수

수십여 명 → 수십 명

약 35만 명 선 → 약 35만 명, 35만 명 선

역전(驛前)앞 → 역전

상가(喪家)집(상갓집) → 상가

처가(妻家)집(처갓집) → 처가

가로수(街路樹)나무 → 가로수

고목(古木)나무 → 고목

가죽혁대(革帶) → 혁대

8월달 → 8월

8일날 → 8일

2시 이후부터 → 2시부터, 2시쯤부터

옥상위 → 옥상

우방(友邦)국 → 우방

그때 당시 → 그때, 당시

내면(內面)속 → 내면

농사(農事)일 → 농사

뇌리(腦裡)속 → 뇌리, 머릿속

뇌성(雷聲)소리 → 뇌성, 우렛소리

동해(東海)바다 → 동해

포승(捕繩)줄 → 포승

전선(電線)줄 → 전선

전기누전(漏電) → 누전

해안가 → 해안, 바닷가

연구진들 → 연구진

취재진들 → 취재진

현안문제 → 현안

호피(虎皮)가죽 → 호피

홍시(紅柿)감 → 홍시

지난해 연말 → 지난 연말, 지난해 말

이 기간 동안에 → 이 기간에

과정 속에서 → 과정에서

근래 들어 → 근래에

모래사장(沙場/砂場) → 사장

속내막(內幕) → 내막, 속사정

속내의(內衣) → 내의, 속옷

신년(新年)새해 → 신년

악취(惡臭)냄새 → 악취

약수(藥水)물 → 약수

주성분에서의 겹말

주어가 겹말인 경우

낙엽이 떨어지는

→ 낙엽이 지는, 잎이 지는

생명이 위독하다 → 위독하다

전기가 누전되다 → 누전되다

목적어가 겹말인 경우

관상을 보다 → 상을 보다

책을 읽는 독자 → 독자, 책을 읽는 사람

돈을 송금하다 → 송금하다, 돈을 보내다,
돈을 부치다

머리를 삭발하다 → 삭발하다

작품을 출품하다

→ 출품하다, 작품을 내다

서술어가 겹말인 경우

방치해 두다 → 방치하다

비축해 두다 → 비축하다

개혁시키다 → 개혁하다

결론을 맺다 → 결론을 내다, 결론짓다

계약을 맺다 → 계약을 하다, 계약하다

공감을 느끼다 → 공감하다

관찰해 보다 → 관찰하다

구체화시키다 → 구체화하다

황폐화시키다 → 황폐화하다

회의(懷疑)를 품다 → 회의하다

이런 견지에서 본다면 → 이런 견지에서

관점에서 보면 → 관점에서

판이하게 다르다 → 판이하다

부상을 입다 → 부상하다

수여받고 있다 → 받고 있다

수입해 들여오다 → 수입하다

수확을 거두다

→ 수확하다, 곡식을 거두다

부속성분에서의 겹말

관형어가 겹말인 경우

매 분기마다 → 분기마다

각 나라별 → 나라별, 나라마다

각 지역마다 → 지역마다

남은 여분 → 여분

남은 여생 → 여생

쓰이는 용도 → 용도

어려운 난관 → 난관

날조된 조작극 → 조작극

늙은 노모(老母) → 노모

같은 동포 → 동포

내가 보는 견해는 → 내 견해는

들리는 소문에 → 소문에

중요한 요건 → 요건

가까운 측근에게 → 측근에게

맡은 바 임무 → 임무, 맡은 바

먼저 얻은 선취점 → 선취점

오랜 숙원 → 숙원

좋은 호평 → 호평

필요한 소요자금 → 소요자금

하얀 백발 → 백발

→ 구전되다, 입으로 전해 오다

계속 이어지다 → 이어지다

부사어가 겹말인 경우

간단히 요약하면 → 요약하면

거의 대부분 → 대부분

공사에 착공하다

→ 착공하다, 공사에 착수하다

너무 과하다 → 과하다, 너무하다

둘로 양분하다 → 양분하다, 둘로 나누다

서로 상의하다 → 상의하다

스스로 자각하다

→ 자각하다, 스스로 깨닫다

시험에 응시하다

→ 응시하다, 시험을 치르다

집에 귀가하다 → 귀가하다

회사에 입사하다 → 입사하다

만나서 면담하다 → 면담하다

미리 예습하다

→ 예습하다, 미리 공부하다

미리 예견된 → 예견된

구전으로 전해 오다

제3장

호응이 중요하다

문장은 기본적으로 '주어+목적어+서술어'로 구성된다. 이 구성 요소가 자연스럽게 결합하지 못하거나 공유 요소가 합당하지 않으면 완전한 문장이 될 수 없다. 무심코 글을 쓰다 보면 문장 요소가 호응하지 못하는 경우가 허다하다. 특히 문장이 길어지면 구성 요소가 복잡하게 얽히고 서로 호응하지 못할 확률이 높아진다.

전체 문장(안은문장)에서건 부속 문장(안긴문장)에서건 주어와 서술어, 목적어와 서술어가 호응이 돼야 한다. 특히 목적어가 두 개 이상이고 서술어는 하나인 경우 문제가 많이 발생한다. 이때는 각각의 목적어가 서술어에 똑같이 호응해야 한다. 부사어와 서술어도 당연히 호응이 돼야 한다.

문장의 구성 요소들은 논리적으로도 호응해야 한다. 논리적 오류가 있으면 앞뒤가 맞지 않는 어색한 문장이 된다. '-고' '-며' '-으나' '-지만' 등 접속어로 이어지는 구절의 내용 전개 또한 논리적이어야 한다. 앞뒤 이야기가 동떨어지면 글이 조리 있게 흘러가지 못한다.

또 어떤 단어는 특정한 부류의 어휘하고만 결합하려는 성질(의미의 자질)이 있기 때문에 그에 알맞은 낱말을 골라 써야 한다. 이를 의미상 선택 제약이라 한다. 쉽게 얘기하면 단어도 저마다 잘 어울리는 짝이 있으므로 그 둘을 결합시킬 때 가장 조화롭고 자연스럽다는 것이다.

09

주어와 서술어의
호응

"내가 당신을 사랑하는 이유는 당신은 내가 원하는 모든 것을 가지고 있다"(→ ~ 이유는 ~ 가지고 있기 때문이다)처럼 주어와 서술어가 호응하지 못하면 몸통은 하나이지만 용 머리에 뱀 꼬리를 한 격이 된다.

주어와 서술어를 호응시키지 못하는 것은 대부분 주어와 서술어가 멀리 떨어져 있어 글 쓰는 사람이 어떤 것을 주어로 했는지 잊어버리기 때문이다. 주어를 생략함으로써 서술어와의 호응이 모호하게 되는 경우도 있다.

문장을 시작할 때 무엇을 주어로 잡을 것인지 분명히 한 다음 그 주어에 맞게 서술해 나가는 게 요령이다. 특히 긴 문장에서 여러 개의 주어가 나올 때는 전체 문장의 주어와 부속 성분에서의 주어가 각각의 서술어에 일치하도록 신경 써야 한다. 문장이 길어질 것 같으면 주어와 서술어 사이에 다른 말을 많이 넣지 않거나 아예 두 문장으로 짧게 끊어 쓰는 것이 실수를 줄이는 방법이다.

내 꿈은 훌륭한 의사가 되어 가난한 사람들에게 의술을 펼치려고 한다.

주어 '내 꿈은'과 서술어 '펼치려고 한다'가 호응하지 못한다. '펼치는 것이다'로 해야 한다.

✎ 내 꿈은 훌륭한 의사가 되어 가난한 사람들에게 의술을 펼치는 것이다.

이번 시험에서 성적이 나쁘게 나온 학생은 방과 후 보충수업을 시켜야 한다.

주어 '학생은'과 서술어 '시켜야 한다'가 어울리지 못한다. '시켜야 한다'를 '받아야 한다'로 하거나 '학생은'을 '학생에게는'으로 고쳐야 한다.

✎ 1. 이번 시험에서 성적이 나쁘게 나온 학생은 방과 후 보충수업을 받아야 한다.

2. 이번 시험에서 성적이 나쁘게 나온 학생에게는 방과 후 보충수업을 시켜야 한다.

5월 5일 어린이날에 어린이들이 가장 원하는 선물은 휴대전화를 받는 것이다.

'선물은'과 '휴대전화를 받는 것이다'가 호응하지 못한다. 선물의 대상이 와야지 행위가 올 수 없다.

✎ 1. 5월 5일 어린이날에 어린이들이 가장 원하는 선물은 휴대전화다.

2. 5월 5일 어린이날에 어린이들이 가장 받기를 원하는 선물은 휴대전화다.

동유럽 국가에서 집시는 150만 명 정도 살고 있다.

주어 '집시는'과 서술어 '살고 있다'가 호응하지 못한다.

✎ 1. 동유럽 국가에 살고 있는 집시는 150만 명 정도다.

2. 동유럽 국가에는 150만 명 정도의 집시가 살고 있다.

이러한 사실은 가족 간의 의사소통이 원활할수록 스트레스에 대처하는 능력과 사회에 적응하는 능력이 증가한다는 것을 볼 수 있다.

주어 '사실은'과 서술어 '볼 수 있다'가 어울리지 못한다. '보여 준다' '의미한다' 등으로 고쳐야 한다.

✎ 이러한 사실은 가족 간의 의사소통이 원활할수록 스트레스에 대처하는 능력과 사회에 적응하는 능력이 증가한다는 것을 보여 준다(의미한다).

원자력은 발전 비용이 적게 들고 수명이 길며, 지구 온난화의 원인이 되는 탄산가스의 배출이 없다.

주어인 '원자력은'과 서술어 '배출이 없다'가 호응하지 못한다. 사실은 '원자력은'에 호응하는 서술어가 없다.

✎ 원자력은 발전 비용이 적게 들고 수명이 길며, 지구 온난화의 원인이 되는 탄산가스의 배출이 없는 에너지다.

가장 더운 곳은 대구에서 기온이 39도까지 올랐다.

주어 '곳은'에 해당하는 서술어가 없다. '대구에서'를 '대구로'로 고쳐야 한다.

✎ 가장 더운 곳은 대구로, 기온이 39도까지 올랐다.

우리가 패배한 까닭은 상대를 너무 업신여겼다.

주어 '까닭은'과 서술어 '업신여겼다'가 호응하지 못한다. '까닭은 ~ 때문이다'가 잘 어울린다.

✎ 우리가 패배한 까닭은 상대를 너무 업신여겼기 때문이다.

그 절은 내로라하는 정치인들은 지금도 줄줄이 찾아가는 사찰이다.

'사찰'을 수식하는 관형절에서 '정치인들은'과 '찾아가는'이 호응이 안 된다. '정치인들이'로 바꿔야 한다.

✎ 그 절은 내로라하는 정치인들이 지금도 줄줄이 찾아가는 사찰이다.

국내에 풍력발전기가 설치된 곳은 북제주군, 전북 새만금, 경북 포항 등 다섯 곳에서 상업발전을 하고 있다.

주어 '곳은'과 '상업발전을 하고 있다'가 호응하지 못한다.

✎ 국내에 풍력발전기가 설치돼 상업발전을 하는 곳은 북제주군, 전북 새만금, 경북 포항 등 다섯 곳이다.

군대에 있을 때 친구가 주소 둘을 주면서 답장이 잘 안 올 것 같다는 쪽을 짚었는데 그게 지금의 집사람이다.

'친구가'에 연결되는 서술어 '답장이 잘 안 올 것 같다는'이 호응하지 못한다. '답장이 잘 안 올 것 같다고 한(말한)'으로 고쳐야 한다.

✎ 군대에 있을 때 친구가 주소 둘을 주면서 답장이 잘 안 올 것 같다고 한(말한) 쪽을 짚었는데 그게 지금의 집사람이다.

어찌나 길이 막히던지 내가 행사장에 도착했을 때는 이미 끝난 뒤였다.

서술어 '끝난 뒤였다'에 호응하는 주어가 없다. 짐작은 할 수 있지만 '행사가'를 넣어야 완전한 문장이 되고 의미가 확실해진다.

✎ 어찌나 길이 막히던지 내가 행사장에 도착했을 때는 행사가 이미 끝난 뒤였다.

정부 내에서는 이번 보고서에 대해 찬반 논란이 팽팽하게 맞서고 있다.

'찬반 논란이'와 서술어 '맞서고 있다'가 호응이 안 된다. '찬반'이 맞서는 것이지 '찬반 논란'이 맞서는 것이 아니므로 '찬반이 팽팽하게 맞서고 있다' 또는 '찬반 논란이 거세게 일고 있다'로 해야

한다

✏ 1. 정부 내에서는 이번 보고서에 대해 찬반이 팽팽하게 맞서고 있다.

2. 정부 내에서는 이번 보고서에 대해 찬반 논란이 거세게 일고 있다.

다른 방법은 제천~영월~태백을 거쳐 통리에서 427번 지방도로를 이용하면 된다.

'방법은'과 서술어 '-하면 된다'가 호응하지 못한다. '방법은 -하는 것이다'가 잘 어울린다.

✏ 다른 방법은 제천~영월~태백을 거쳐 통리에서 427번 지방도로를 이용하는 것이다.

10

목적어와 서술어의 호응

　'축구를 차다'고 하는 식으로 목적어와 서술어가 호응하지 못하는 경우가 많다. 목적어와 서술어의 의미가 달라 따로 놀고 있다. '축구를 하다' 또는 '공을 차다'고 해야 하듯이 목적어를 서술어에 맞게 바꾸거나 서술어를 목적어에 맞게 수정해 뜻이 통하도록 만들어야 한다.

　특히 '신문과 TV를 열심히 시청해야 한다'는 식으로 목적어가 여러 개이고 서술어는 하나인 경우 각각의 목적어는 서술어에 똑같이 호응해야 하나 그렇지 못한 예가 흔하다. 목적어마다 서술어와 맞추어 보면서 호응이 되는지 살펴야 한다. 서술어에 맞지 않는 목적어가 있으면 그에 맞는 서술어를 따로 집어넣어야 한다.

글을 잘 쓰려면 신문과 TV 뉴스를 열심히 시청해야 한다.
TV 뉴스는 시청이 가능하지만 신문은 시청할 수 없다. 신문에 해당하는 서술어를 따로 넣어 주어야 한다.

✏️ 글을 잘 쓰려면 신문을 꼼꼼히 읽고 TV 뉴스를 열심히 시청해야 한다.

건강관리를 위해 주중에는 헬스를, 주말에는 북한산에 오른다.

'헬스를'에 해당하는 서술어가 없다. 위와 같이 하려면 '북한산에 오른다'와 마찬가지로 '헬스를 오른다'가 성립해야 한다. 서술어를 공유하지 못할 경우 각각의 서술어를 갖거나 서술어를 공유하는 형태로 만들어야 한다.

✎ 1. 건강관리를 위해 주중에는 헬스를 하고, 주말에는 북한산에 오른다.

2. 건강관리를 위해 주중에는 헬스를, 주말에는 북한산 등산을 한다.

간염 보균자와는 식사도 술도 같이 마셔서는 안 된다는 편견과 오해가 쉽게 해소되지 않고 있다.

'술'은 마실 수 있지만 '식사'는 마실 수 없으므로 각각의 서술어를 가져야 한다.

✎ 간염 보균자와는 함께 식사를 하거나 술을 마셔서는 안 된다는 편견과 오해가 쉽게 해소되지 않고 있다.

월드컵에서 보여 준 국민적 에너지를 창조적 에너지로 바꾸어 국민 통합과 국가 경쟁력을 제고해야 한다.

목적어 '국민 통합'과 '국가 경쟁력'이 서술어인 '제고해야 한다'를 공유하고 있으나 '국민통합'은 '제고해야 한다'와 호응하지 못한다. 각각의 서술어를 갖도록 해야 한다.

✎ 1. 월드컵에서 보여 준 국민적 에너지를 창조적 에너지로 바꾸어 국민 통합을 이룩하고 국가 경쟁력을 제고해야 한다.

2. 월드컵에서 보여 준 국민적 에너지를 창조적 에너지로 바꾸어 국민을 통합하고 국가 경쟁력을 제고해야 한다.

참가국 중에는 이 기회에 한반도에서의 영향력을 확대하는 계기로 삼으려는 의도를 지닌 나라도 있다.

'이 기회에'와 '삼으려는'이 호응이 안 된다. '이 기회에'를 '이 기회를'(목적어)로 고쳐야 한다.

✎ 참가국 중에는 이 기회를 한반도에서의 영향력을 확대하는 계기로 삼으려는 의도를 지닌 나라도 있다.

국산품과 수입품의 가격이 비슷하고 질적으로 차이가 없다면 가급적 애용하도록 하자.

'애용하도록 하자'의 대상이 국산품이라는 짐작은 가능하지만 목적어의 생략으로 불완전한 문장이 됐다. 서술어에 호응하는 목적어를 넣어 주는 것이 의미를 분명하게 한다.

✎ 국산품과 수입품의 가격이 비슷하고 질적으로 차이가 없다면 가급적 국산품을 애용하도록 하자.

시민단체는 주민들의 삶을 파괴하는 무분별한 도박장 유치 계획을 전면 백지화할 것을 관계 당국에 강력히 항의했다.

'백지화할 것을 항의했다'는 어색한 표현이다. '요구했다'가 호응이 잘 된다.

✎ 시민단체는 주민들의 삶을 파괴하는 무분별한 도박장 유치 계획을 전면 백지화할 것을 관계 당국에 강력히 요구했다.

좀 늦은 감은 있으나 이번에 진입 장벽을 대폭 완화한 것은 업계 입장에선 매우 반가운 일이다.

'진입 장벽을'과 서술어 '완화하다'가 제대로 호응하지 못한다. '낮추다'가 어울린다. '완화하다'는 '규제를'과 잘 어울린다.

✎ 좀 늦은 감은 있으나 이번에 진입 장벽을 대폭 낮춘 것은 업계 입장에선 매우 반가운 일이다.

그동안 정부는 도심 과밀 억제와 고도 제한을 위해 규제를 엄격히 지켜 왔으나 부동산 경기 활성화 차원에서 일부를 풀기로 했다.

'규제를'과 '지켜 왔으나'가 호응이 잘 되지 않는다. '해 왔으나'가 어울린다.

✎ 그동안 정부는 도심 과밀 억제와 고도 제한을 위해 규제를 엄격히 해 왔으나 부동산 경기 활성화 차원에서 일부를 풀기로 했다.

11

논리적
호응

글에서 논리적이라 함은 이치에 맞게 문장이 흘러가는 것을 가리킨다. 말을 조리 있게 해야 하듯이 문장도 이치에 맞게 써야 한다. 앞뒤 흐름에 적합하지 않은 내용이 오거나 지나치게 비약하면 어설픈 얘기가 된다. 또한 인과관계가 적절하지 않으면 틀린 말이 된다.

따라서 무리하게 이야기를 풀어 나가는 것을 주의해야 한다. 부족한 근거로 이야기를 전개하면 비약이 발생한다. 인과관계로 이루어지는 문장에선 원인과 결과를 일치시켜야 한다. 또 단어의 뜻을 제대로 알지 못하면 논리에서 벗어난 얘기가 이어질 수 있으므로 단어의 고유한 의미를 정확하게 파악한 뒤 글을 전개해야 한다.

연결어미나 접속사로 문장을 연결할 때는 그에 맞는 내용이 와야 한다. 학교에서 배워 다 알고 있는 내용임에도 불구하고 이를 무시하고 동떨어진 얘기를 하는 경우가 의외로 많다. '-고' '-며' 등에는 대등한 내용이 뒤따라야 하고, '-으나' '-지만' 등에는 반대 내용이 와야 한다.

큰아이는 모범생이며, 작은아이는 미술을 좋아한다.

'-이며'는 둘 이상의 사물을 같은 자격으로 이어 주는 연결어미이므로 대등한 내용이 뒤따라야 한다.

✎ 1. 큰아이는 모범생이며, 작은아이는 우등생이다.

2. 큰아이는 음악을 좋아하며, 작은아이는 미술을 좋아한다.

따스한 봄이 오고, 경제적 한파로 얼어붙은 우리의 가슴은 아직도 차갑다.

'-고' 역시 둘 이상의 사물을 같은 자격으로 이어 주는 연결어미이므로 대등한 내용으로 구성해야 한다. 앞이 긍정적 내용이므로 뒤에도 긍정적 내용이 와야 한다.

✎ 1. 따스한 봄이 오고, 경제적 한파로 얼어붙었던 우리의 가슴도 풀리기 시작했다.

2. 따스한 봄이 왔으나 경제적 한파로 얼어붙은 우리의 가슴은 아직도 차갑다.

내가 보면 꼭 지기 때문에 이번에는 축구 경기를 보지 않겠다.

축구를 보는 것과 지는 것의 인과관계가 실제로 있다고 볼 수 없으므로 논리적으로 맞지 않는다. 직접적인 인과관계를 배제하고 다음과 같이 구성할 수 있다.

✎ 내가 본 경기마다 졌기 때문에 이번에는 축구를 보고 싶은 생각이 없다.

초여름인데 비가 제법 내렸다. 올여름에는 큰 장마가 올 것임에 틀림없다.

초여름에 내리는 비를 가지고 큰 장마를 확신하는 것은 논리적 비약이다. 더욱 많은 근거를 제시하든가 논리적으로 문제가 없도록 서술해야 한다.

✎ 초여름인데 비가 제법 내렸다. 올여름에 큰 장마가 오지나 않을지 걱정된다.

내가 대학에 가려는 이유는 졸업 후 좋은 직장에 취직하기 위해서라기보다 진리를 열심히 탐구하는 것이다.

'이유는 -하기 위해서라기보다 -하기 위해서다'로 이어져야 이야기가 조리 있게 흐른다.

✎ 내가 대학에 가려는 이유는 졸업 후 좋은 직장에 취직하기 위해서라기보다 진리를 열심히 탐구하기 위해서다.

속절없이 떨어지는 주가 하락에 제동을 걸기 위해 정부가 연·기금을 투입하기로 했다.

'주가 하락'이 '떨어진다'는 것은 논리적으로 맞지 않다.

✎ 1. 속절없이 떨어지는 주가에 제동을 걸기 위해 정부가 연·기금을 투입하기로 했다.

2. 주가의 급속한 하락에 제동을 걸기 위해 정부가 연·기금을 투입하기로 했다.

한국 상품에 대한 불만과 고쳐야 할 점으로는 품질 개선과 가격 인하를 많이 지적했다.

'불만과 고쳐야 할 점'이 '품질 개선과 가격 인하'라는 것은 이치에 맞지 않다.

✎ 1. 한국 상품에 대한 불만과 고쳐야 할 점으로는 품질과 가격을 많이 지적했다.

2. 한국 상품에 대한 요구 사항으로는 품질 개선과 가격 인하를 많이 지적했다.

무작정 호수로 환원했다가는 자칫 수질오염만 악화시킬 위험이 있다.

'수질오염'을 '악화시킨다'는 것은 말이 안 된다. '수질오염을 가중한다' 또는 '수질을 악화시킨다'로 해야 한다.

✎ 1. 무작정 호수로 환원했다가는 자칫 수질오염만 가중할 위험이 있다.

2. 무작정 호수로 환원했다가는 자칫 수질만 악화시킬 위험이 있다.

수출은 지난 몇 달간 적자를 보다 이달 들어 겨우 흑자를 내고 있다.

'수출'은 증가하거나 감소할 수 있지만 수출 자체를 흑자·적자로 얘기하는 것은 맞지 않다. '수출'을 '수출입 거래' 또는 '무역수지'로 바꿔야 한다.

✎ 1. 수출입 거래는 지난 몇 달간 적자를 보다 이달 들어 겨우 흑자를 내고 있다.

2. 무역수지는 지난 몇 달간 적자를 보다 이달 들어 겨우 흑자를 내고 있다.

'동일언어 계약서 법안'은 중국계의 한 의원이 영어 소통이 원활하지 않은 아시아계 이민자들을 보호하기 위해 법안을 제출해 최근 하원을 통과한 것이다.

'법안'은 법률의 초안이며, 의회의 의결을 거치면 법률의 지위를 얻어 '법'이 된다. 하원을 통과했다는 내용이 뒤에 나오므로 '동일언어 계약서 법안'은 '동일언어 계약서 법'이라고 해야 논리적으로 맞다.

✎ '동일언어 계약서 법'은 중국계의 한 의원이 영어 소통이 원활하지 않은 아시아계 이민자들을 보호하기 위해 법안을 제출해 최근 하원을 통과한 것이다.

12

단어의 특성에 따른 호응

'가능성이 크다(작다)' '결코 −하지 않겠다' '만약 −라면' 등과 같이 단어마다 고유한 의미의 자질을 가지고 있기 때문에 특정한 부류의 어휘하고만 결합하려는 성질이 있다. 따라서 그에 알맞은 낱말을 골라 써야 호응이 잘 된다. 이를 '의미상 선택 제약'이라 부른다. 지키지 않을 경우 뜻이 잘 통하지 않는 비문(非文)이 된다.

사람과 마찬가지로 단어도 타고난 성격에 따라 저마다 잘 어울리는 짝이 있으므로 그 둘을 붙여 놓았을 때 가장 조화롭다는 얘기다. 특히 한자어의 뜻을 정확히 몰라 부자연스러운 낱말과 결합시키는 경우가 많다. 단어가 가진 의미와 특성을 생각하면서 그에 잘 어울리는 낱말을 선택해야 한다.

이번 장마에는 다행히 큰 피해를 입지 않았다.

피해(被害)가 손해를 입는다는 뜻이므로 한자어 구성상 '보다' '당하다'가 호응이 잘 된다.

✎ 1. 이번 장마에는 다행히 큰 피해를 보지 않았다.

2. 이번 장마에는 다행히 큰 피해를 당하지 않았다.

그녀는 아직도 앙금이 가라앉지 않았는지 여전히 뾰로통해 있다.

'앙금'은 녹말 등의 부드러운 가루가 물에 가라앉아 생긴 층으로 마음속에 남아 있는 개운치 않은 감정을 비유적으로 이르는 말이기도 하다. 따라서 '앙금'은 '가라앉다'보다 '남다' '가시다'가 호응이 잘 된다.

✎ 1. 그녀는 아직도 앙금이 남았는지 여전히 뾰로통해 있다.

2. 그녀는 아직도 앙금이 가시지 않았는지 여전히 뾰로통해 있다.

국제사회에서 우리나라의 위상을 올려야 한다.

위상(位相)은 어떤 사물이 다른 사물과의 관계 속에서 가지는 위치나 상태로 '올리다'보다 '높이다' '강화하다'가 잘 어울린다.

✎ 1. 국제사회에서 우리나라의 위상을 높여야 한다.

2. 국제사회에서 우리나라의 위상을 강화해야 한다.

오늘 밤에는 비가 올 가능성이 높은 편이다.

가능성(可能性)은 앞으로 실현될 수 있는 성질로 '크다' '작다' '희박하다'가 어울린다.

✎ 오늘 밤에는 비가 올 가능성이 큰 편이다.

로또 복권에 당첨될 확률은 교통사고를 당해 사망할 확률보다 작다.

확률(確率)은 일정한 조건 아래에서 어떤 일이 일어날 가능성의 정도를 수치화한 것으로 '높다' '낮다'가 잘 어울린다.

✎ 로또 복권에 당첨될 확률은 교통사고를 당해 사망할 확률보다 낮다.

시험방송을 거쳐 지난해 3월부터 본방송을 시작했다.

'시작'은 일이 진행되는 바로 그 순간의 개념이며, '-부터'는 '-까지'가 뒤따르는 일정한 시간 범위이기 때문에 서로 어울리지 않는다. '3월 시작했다' 또는 '3월부터 했다'로 해야 한다.

✎ 1. 시험방송을 거쳐 지난해 3월 본방송을 시작했다.

2. 시험방송을 거쳐 지난해 3월부터 본방송을 했다.

TV가 비교육적 내용을 무분별하게 방영하는 것은 옳지 못하다.

'옳지'에는 '못하다'보다 '않다'가 어울린다. '못하다'는 '눈물 때문에 말을 잇지 못했다' '바빠서 동창회에 가지 못했다' 등의 경우에 잘 어울린다.

✎ TV가 비교육적 내용을 무분별하게 방영하는 것은 옳지 않다.

미국의 금리 인상 여파로 주가가 하락세로 치닫고 있다.

'치닫다'는 위쪽으로 달린다는 뜻이어서 '하락세'와 어울리지 않는다. '하락세'는 아래쪽을 향해 달린다는 뜻의 '내리닫다'와 호응이 잘 된다. 앞쪽으로 힘차게 달리는 '내닫다'를 쓸 수도 있지만 '내리닫다'만 못하다.

✎ 1. 미국의 금리 인상 여파로 주가가 하락세로 내닫고 있다.
2. 미국의 금리 인상 여파로 주가가 하락세로 내리닫고 있다.

미국의 이번 조치로 적지 않은 사람이 혜택을 입게 될 전망이다.
혜택(惠澤)은 은혜와 덕택을 아울러 이르는 말로 '입다'보다 '받다' '보다' '누리다'가 잘 어울린다.

✎ 1. 이번 조치로 적지 않은 사람이 혜택을 받게 될 전망이다.
2. 이번 조치로 적지 않은 사람이 혜택을 보게 될 전망이다.
3. 이번 조치로 적지 않은 사람이 혜택을 누리게 될 전망이다.

봄바람을 타고 겨우내 움츠렸던 나뭇가지가 기지개를 펴기 시작했다.
'기지개'에는 '켜다'가 잘 어울린다. '켜다'는 특별히 기지개와 결합해 '팔다리나 네 다리를 쭉 뻗으며 몸을 펴다'는 의미로 쓰인다. '기지개'가 몸을 펴는 동작이므로 중복을 피하기 위해서도 '기지개를 켜다'로 하는 것이 낫다.

✎ 봄바람을 타고 겨우내 움츠렸던 나뭇가지가 기지개를 켜기 시작했다.

구는 올해 5억 원의 예산을 들여 타당성 조사 및 실시설계 등을 마치고 내년 3월부터 공사에 들어갈 방침이다.

'들어가다'도 '시작하다'와 마찬가지로 순간의 개념이므로 '-부터'와 어울리지 않는다.

✎ 1. 구는 올해 5억 원의 예산을 들여 타당성 조사 및 실시설계 등을 마치고 내년 3월 공사에 들어갈 방침이다.

2. 구는 올해 5억 원의 예산을 들여 타당성 조사 및 실시설계 등을 마치고 내년 3월부터 공사를 할 방침이다.

제4장

피동형으로 만들지 마라

요즘 들어 피동문이 점점 늘어나고 있다. 피동문이란 피동사가 서술어로 쓰인 문장을 말한다. 능동적 주체가 될 수 없는 무생물(무정물)을 주어로 한다. 영어에서 주로 사용하는 문장 형태다. 우리말에서도 이 같은 피동형이 쓰이기는 하나 그리 흔한 것은 아니었다고 한다. 얘기할 때는 대부분 행위의 주체를 주어로 삼아 말하므로 문장도 능동형으로 써야 자연스럽다.

영어의 영향을 받아 피동형 문장이 늘어난 것으로 보인다. 영어에서는 동사의 유형을 바꿈으로써 능동문과 피동문을 자유롭게 구사하고 무생물을 주어로 쓰는 데 익숙해 있다. 그러나 우리말에서는 피동형을 쓰면 문장이 어색해진다. 행위의 주체가 잘 드러나지 않아 뜻이 모호해지고 전체적으로 글의 힘이 떨어진다. 불가피하거나 완곡하게 표현하는 경우를 제외하고는 능동형으로 쓰는 것이 좋다.

최근에는 피동에서 한 발 더 나아가 '보여지다' '모여지다' '쓰여지다' '짜여지다' '바뀌어지다' 등처럼 '피동사+어(아)지다' 형태의 이중피동을 남용하는 경향이 있다. 피동의 뜻을 강조하려는 의도로 볼 수 있으나 무의미하게 피동을 겹쳐 쓰는 것이므로 주의해야 한다.

13

가급적
능동형으로

"적극적으로 추진되어야 할 것으로 보인다"(→적극적으로 추진해야 한다)에서 보듯 피동형으로 문장을 쓰면 무엇보다 자신감이 없어 보이고 글의 힘이 떨어진다. 피동형 문장은 주체나 뜻이 분명하게 드러나지 않기 때문에 읽는 사람에게 강한 인상을 주기 어렵다.

피동형을 심하게 사용하면 조심스러운 듯하고, 완곡하다 못해 도망가는 듯한 글이 될 수도 있다. 때로는 피동형을 피할 수 없지만 가능하면 주체를 분명하게 하고 주장이 잘 드러나도록 능동형으로 작성해야 글의 힘이 살아난다.

고득점 재수생이 선호하는 의예·한의예과 등은 재학생들의 신중한 선택이 요구된다.

'-이 요구된다'는 표현을 남용하는 경향이 있다. '선택이 요구된다'는 피동 표현보다 '선택을 해야 한다'는 능동 표현이 자연스럽고 힘이 있다.

✎ 1. 고득점 재수생이 선호하는 의예·한의예과 등은 재학생들이 신중한 선택을 해야 한다.

2. 고득점 재수생이 선호하는 의예·한의예과 등은 재학생들이 신중하게 선택해야 한다.

인간에 의해 초래된 생태계의 인위적 변화로 자연계에 돌연변이가 일어나고 있다.

'-에 의해 -되다'는 영어식 관용구(be동사+과거분사+by~)를 그대로 옮긴 듯한 표현으로 사용하지 않는 게 바람직하다. 이런 경우 '-에 의해'를 쓰면 피동이 될 수밖에 없다.

✎ 인간이 초래한 생태계의 인위적 변화로 자연계에 돌연변이가 일어나고 있다.

부적격 출제위원 선정과 복수 정답 시비 등 수능시험 관리에 총체적 부실이 드러나 물의가 빚어진 바 있다.

'물의를 빚다' '물의를 일으키다'는 자연스럽지만 피동형인 '물의가 빚어지다'는 어색한 표현이다. '말썽이 빚어지다'도 마찬가지다.

✎ 부적격 출제위원 선정과 복수 정답 시비 등 수능시험 관리에 총체적 부실이 드러나 물의를 빚은 바 있다.

정부 당국의 방송 정책 분야에서 국내 방송시장의 여건을 고려해 후속적인 세부 정책은 신중하게 수립되어야 할 것이다.

피동형 문장으로 행위의 주체가 모호하게 구성돼 있고 조심스럽게 표현한 듯해 글의 힘이 떨어진다.

✎ 정부 당국은 국내 방송시장의 여건을 고려해 후속적인 세부 방송 정책을 신중하게 수립해야 한다.

서울대가 대학국어 수강생을 대상으로 한자어 실력을 평가한 결과 60%가 낙제점을 받은 것으로 조사됐다.

조사되는 것은 조사의 대상이지 조사 결과가 아니므로 '-로 조사됐다'는 피동 표현은 성립하지 않는다. 대부분 '-로 나타났다'로 바꾸면 된다.

✎ 1. 서울대가 대학국어 수강생을 대상으로 한자어 실력을 평가한 결과 60%가 낙제점을 받은 것으로 나타났다.

2. 서울대가 대학국어 수강생을 대상으로 한자어 실력을 조사한 결과 60%가 낙제점을 받은 것으로 나타났다.

그 방면의 석학들에게 응분의 연구비를 지급하고 좋은 강의를 하도록 한다면 학문에 대한 국민적 관심을 불러일으키게 될 것이고 우리의 지적 수준을 한 단계 끌어올리게 될 것이다.

'불러일으키게 될 것이고' '끌어올리게 될 것이다'는 피동형보다 '불러일으키고' '끌어올릴 수 있다'는 능동형이 주장을 분명하게 한다.

✎ 그 방면의 석학들에게 응분의 연구비를 지급하고 좋은 강의를 하도록 한다면 학문에 대한 국민적 관심을 불러일으키고 우리의 지적 수준을 한 단계 끌어올릴 수 있다.

북한 핵 문제의 해결이 가시화되면 남북 교류도 더욱 구체화될 것이다. '화(化)하다'가 '그렇게 되거나 되게 하다'는 뜻이므로 가능하면 '-화하다'를 '-화되다'로 쓰지 않는 게 좋다. 사전에서는 '-화되다'는 표현도 인정하고 있으므로 틀린 말은 아니다.

✎ 북한 핵 문제의 해결이 가시화하면 남북 교류도 더욱 구체화할 것이다.

14

이중피동을
피하라

요즘 두드러진 현상 가운데 하나가 이중피동 남발이다. '부르다'의 피동인 '불리다'를 예로 들면 피동을 강조하는 '우'를 붙인 '불리우다'에 다시 피동을 만드는 '-지다'를 덧붙여 '불리워지다'로 쓰는 경우가 많다. 이는 아무 의미 없이 피동을 겹쳐 쓰는 것으로 우리말의 언어 체계를 파괴하는 일이다.

피동형 문장 자체가 여러 가지 문제를 안고 있는 마당에 한 발 더 나아가 이중피동을 마구 사용한다면 좋은 글로 평가받기 어렵다. 이중피동은 대부분 '-지다'가 덧붙여진 형태로 나타나므로 가급적 '-지다' 표현을 줄여 쓰는 습관을 들이면 좋다.

모여진 성금은 재난을 당한 사람들에게 유용하게 쓰여질 것으로 보여진다.

'모여진' '쓰여질' '보여진다'는 '모인' '쓰일' '보인다'의 이중피동이다.

✎ 모인 성금은 재난을 당한 사람들에게 유용하게 쓰일 것으로 보인다.

당국에 의해 자연이 훼손되어지는 무분별한 녹지개발 사업이 되풀이되어져서는 안 될 것이다.

'훼손되어지는' '되풀이되어져서는'은 '훼손되는' '되풀이되어서는'의 이중피동이다. 전체적으로도 피동 표현으로 문장이 어색하고 글의 힘이 떨어진다.

✎ 1. 당국은 자연을 훼손하는 무분별한 녹지개발 사업을 되풀이해서는 안 될 것이다.

2. 당국은 자연을 훼손하는 무분별한 녹지개발 사업을 되풀이해서는 안 된다.

한국이 세계의 주역으로서 우뚝 설 수 있는 기틀이 마련되어져야 한다.

'마련되어져야'는 '마련되어야'의 이중피동이며 능동인 '기틀을 마련해야 한다'가 자연스럽다.

✎ 한국이 세계의 주역으로서 우뚝 설 수 있는 기틀을 마련해야 한다.

과거에 더 이상 연연하지 말고 미래를 지향하는 국가 운영의 마스터플랜이 새로 짜여져야 한다.

'짜여져야'는 '짜여야'의 이중피동이다. 능동인 '마스터플랜을 새로 짜야 한다'가 글의 힘을 더한다.

✎ 과거에 더 이상 연연하지 말고 미래를 지향하는 국가 운영의 마스터

플랜을 새로 짜야 한다.

검찰은 ○○○씨가 주식 수십만 주를 따로 보관하고 있다는 첩보를 입수, 이 주식이 로비에 쓰여졌는지도 확인하고 있다.

'쓰여졌는지'는 '쓰였는지'의 이중피동이다. 능동인 '이 주식을 로비에 썼는지도'로 해야 주체와 행동이 분명해진다.

✏ 검찰은 ○○○씨가 주식 수십만 주를 따로 보관하고 있다는 첩보를 입수, 이 주식을 로비에 썼는지도 확인하고 있다.

제5장

단어의 위치에 신경 써라

문장성분을 제대로 갖춰 온전한 문장을 만드는 것 못지않게 이들 성분을 순서에 맞게 잘 배열하는 것이 중요하다. 문장성분의 위치가 잘못되면 의미를 파악하기 어려워진다. 심한 경우 오해를 불러일으킬 수도 있으므로 수식 관계를 잘 살펴 단어나 구절을 적절한 곳에 두어야 한다.

우리말은 특히 여러 개의 절(節)로 이루어진 복문이 많기 때문에 성분 간의 연결이 긴밀하고 수식 관계가 분명하지 않으면 이해하기 어려운 문장이 된다. 관형어·부사어 등 수식어는 수식되는 말(피수식어) 가까이에 놓는 것이 요령이다. 수식하는 말과 멀리 떨어져 있으면 엉뚱한 것을 수식하는 것으로 비칠 수 있다.

주어와 서술어 사이가 너무 멀어서도 안 된다. 전체 문장의 주

어가 서술어와 멀리 떨어져 있으면 어느 서술어의 주어인지 판단
하기 힘들어진다. 특히 숫자·날짜 등은 문장에서의 위치에 따라
뜻이 달라지거나 오해가 생길 수 있으므로 의미가 분명하게 전달
될 수 있게끔 자리 선정에 각별히 주의해야 한다.

15 수식어는 수식되는 말 가까이에

'아름다운 그녀의 웨딩드레스'라고 하면 무엇이 아름다운 것일까? 만약 웨딩드레스를 가리키는 것이라면 '그녀의 아름다운 웨딩드레스'라고 하는 것이 낫다. 이처럼 글의 흐름상 수식어는 바로 뒷말을 꾸미는 것으로 받아들여진다. 수식어가 피수식어와 멀리 떨어져 있으면 엉뚱한 말을 꾸미는 것으로 인식돼 전혀 다른 의미로 해석될 수 있다.

따라서 관형어·부사어 등 수식어는 수식되는 말 바로 앞에 놓아야 의미를 분명하게 전달할 수 있고 오해의 소지를 없앨 수 있다. 긴 수식어 때문에 수식 관계가 복잡할 때는 그 부분을 독립시켜 별개의 문장으로 만드는 것이 좋다.

제가 말씀드린 문제에 대한 솔직하고 냉정한 선생님의 답변을 부탁합니다.

'솔직하고 냉정한 선생님'으로 비칠 수 있으므로 '솔직하고 냉정한'을 '답변' 바로 앞에 놓아야 한다.

✎ 제가 말씀드린 문제에 대한 선생님의 솔직하고 냉정한 답변을 부탁합니다.

진정한 효의 의미를 아는 젊은이라면 이 같은 부모의 마음을 깊이 헤아릴 줄 알아야 한다.

'진정한'이 수식하는 것은 '효'가 아니라 '의미'이고, '이 같은'이 수식하는 것은 '부모'가 아니라 '마음'이다. 이들 단어를 수식되는 말 가까이에 놓아야 의미가 확실해지고 문장이 부드러워진다.

✎ 효의 진정한 의미를 아는 젊은이라면 부모의 이 같은 마음을 깊이 헤아릴 줄 알아야 한다.

경제 전망이 불투명한 상황에서 기업들이 쉽사리 번 돈을 투자하기는 어렵다.

'쉽사리'가 '번 돈'을 수식하는 것처럼 보여 어색하다. '번 돈을 쉽사리 투자하기는'으로 해야 이해가 빠르다.

✎ 경제 전망이 불투명한 상황에서 기업들이 번 돈을 쉽사리 투자하기는 어렵다.

이러한 정부의 주장과 달리 적용 대상 확대로 엄청난 건강보험 재정 추가 부담이 생겼다.

'이러한'은 '주장'을, '엄청난'은 '추가 부담'을 수식하므로 각각 수식되는 말 바로 앞으로 가야 한다.

✎ 정부의 이러한 주장과 달리 적용 대상 확대로 건강보험 재정에 엄청난 추가 부담이 생겼다.

이쯤 되면 단순한 매표원의 실수가 아니라 버스회사 측이 의도적으로 이중 매표를 한 것이 확실했다.

매표원이 '단순한' 사람이라는 의미로 비칠 수 있으므로 '단순한'을 '실수' 앞으로 옮겨야 한다.

✎ 이쯤 되면 매표원의 단순한 실수가 아니라 버스회사 측이 의도적으로 이중 매표를 한 것이 확실했다.

재정안정을 위해 새로운 제도를 추진하고 있으나 일부는 도입이 아예 불투명한 상태다.

'아예'가 수식하는 것은 '불투명한'이 아니라 '도입'이므로 그 앞에 위치해야 한다.

✎ 재정안정을 위해 새로운 제도를 추진하고 있으나 일부는 아예 도입이 불투명한 상태다.

정부는 개인정보를 보호한다는 관점에서 고액 납세자의 이름과 주소를 공개하는 제도를 폐지하는 방안을 긍정적으로 검토하기로 했다.

'개인정보를 보호한다는 관점에서'가 '고액 납세자의 이름과 주소

를 공개하는 제도'를 수식하는 것처럼 보여 어색하다. '폐지하는'
앞으로 가야 한다.

✎ 정부는 고액 납세자의 이름과 주소를 공개하는 제도를 개인정보를
보호한다는 관점에서 폐지하는 방안을 긍정적으로 검토하기로 했다.

이 학교는 인터넷·영상·대중음악 등 기존 직업교육의 틈새에 놓여 있는
청소년들의 관심사를 특화해 3년 과정의 프로그램을 운영할 계획이다.
'기존 직업교육의 틈새에 놓여 있는'이 '청소년들의 관심사'를 꾸
며 주는 것으로 돼 있어 어색하다. 수식하는 '인터넷·영상·대중
음악 등' 앞으로 옮겨야 의미가 분명해진다. 수식어가 길어 복잡
하므로 수식어를 분리해 두 문장으로 만들어도 된다.

✎ 1. 이 학교는 기존 직업교육의 틈새에 놓여 있는 인터넷·영상·대중음
악 등 청소년들의 관심사를 특화해 3년 과정의 프로그램을 운영할 계
획이다.

2. 이 학교는 인터넷·영상·대중음악 등 청소년들의 관심사를 특화해 3
년 과정의 프로그램을 운영할 계획이다. 이들 분야는 기존 직업교육의
틈새에 놓여 있다.

✎ **16**

주어와 서술어는
너무 멀지 않게

"부모는 학생이 수능 점수가 좋지 않다고 실망하지 말고 자기 적성에 맞는 학과를 선택할 수 있도록 도와야 한다"(→ 부모는 ~도와야 한다)에서 보듯 겹문장일 경우 전체 문장의 주어가 서술어와 멀리 떨어져 있으면 어느 서술어와 호응하는지 판단하기 힘들다. 자칫하면 다른 의미로 해석될 수 있으며 여러 번 읽어 봐야 무슨 뜻인지 제대로 파악할 수 있다.

홑문장일 때도 주어와 서술어 사이에 수식어가 많아 간격이 길어지면 이해하기 힘들어진다. 수식어를 절제해 주어와 서술어 사이를 좁히든가 주어를 서술어 가까이로 옮겨야 한다. 우리말의 어순은 일반적으로 '주어+목적어+서술어'가 원칙이나 목적어가 지나치게 긴 경우에는 '목적어+주어+서술어' 순으로 하는 것이 이해하기 쉽다.

수험생들이 변화가 많은 입시 환경과 다양한 입시 전형 속에서 자신이 원하는 정보를 얻을 수 있는 채널이 제한돼 있어 어려움을 겪고 있다.

주어 '수험생들이'와 서술어 '어려움을 겪고 있다'의 거리가 멀어 읽기에 불편하고 의미가 쉽게 와 닿지 않는다.

✎ 변화가 많은 입시 환경과 다양한 입시 전형 속에서 수험생들이 자신이 원하는 정보를 얻을 수 있는 채널이 제한돼 있어 어려움을 겪고 있다.

시민들이 사고로 숨진 희생자들을 추모하기 위해 건물 앞 계단에 촛불을 늘어놓으며 애도를 표시하고 있다.

'시민들이'와 '애도를 표시하고 있다' 사이에 긴 수식어가 있어 읽기 불편하다. '시민들이'를 '건물 앞 계단에' 앞에 두는 것이 부드럽다.

✎ 사고로 숨진 희생자들을 추모하기 위해 시민들이 건물 앞 계단에 촛불을 늘어놓으며 애도를 표시하고 있다.

기자들이 18일 오전 영장실질심사를 받기 위해 서울지법에 출두하는 정치인을 취재하고 있다.

읽다 보면 언뜻 '기자들이 영장실질심사를 받기 위해'로 비칠 수 있다. 목적어가 길기 때문에 주어 '기자들이'를 서술어 '취재하고 있다' 바로 앞에 두는 것이 좋다.

✎ 18일 오전 영장실질심사를 받기 위해 서울지법에 출두하는 정치인을 기자들이 취재하고 있다.

국내외 증권사들이 주요 기업들이 하반기에도 눈에 띄는 실적개선이 없을 것으로 전망하는 등 비관론이 확산되고 있다.

전체 문장의 주어 '국내외 증권사들이'와 부속 문장의 주어 '주요 기업들이'가 나란히 붙어 있어 어색하다.

✎ 주요 기업들이 하반기에도 눈에 띄는 실적개선이 없을 것으로 국내외 증권사들이 전망하는 등 비관론이 확산되고 있다.

지지하든 지지하지 않든 간에 최고경영자가 권위가 손상받는 일 없이 회사 경영에 매진할 수 있도록 해야 한다.

'최고경영자가'와 '권위가'가 나란히 붙어 있어 읽기 불편하다. '최고경영자가'를 서술어 가까이에 두는 것이 자연스럽다. 요령을 부려 '권위가 손상받는 일 없이'를 '권위 손상 없이'로 해도 된다.

✎ 1. 지지하든 지지하지 않든 간에 권위가 손상받는 일 없이 최고경영자가 회사 경영에 매진할 수 있도록 해야 한다.

2. 지지하든 지지하지 않든 간에 최고경영자가 권위 손상 없이 회사 경영에 매진할 수 있도록 해야 한다.

북측은 남측이 이라크 전쟁이 부도덕한 전쟁임에도 불구하고 미국의 비위를 맞추기 위해 이를 지지한 것으로 간주하고 있다.

주어 '북측은' '남측이' '이라크 전쟁이'가 각각의 서술어와 먼 곳에 나란히 붙어 있어 혼란스럽다. '북측은'과 '남측이'를 각각의 서술어 앞에 두는 것이 이해하기 쉽다.

✎ 이라크 전쟁이 부도덕한 전쟁임에도 불구하고 미국의 비위를 맞추기 위해 남측이 이를 지지한 것으로 북측은 간주하고 있다.

17

의미 파악이 쉽도록
위치 선정

숫자·날짜 등은 위치에 따라 뜻이 완전히 달라질 수 있으므로 자리 선정에 각별히 신경 써야 한다. 위치가 잘못되면 어느 것을 수식하는지 알 수 없어 엉뚱하게 해석될 수도 있다. 특히 숫자나 날짜가 연이어 나오면 혼란스러우므로 가능하면 나란히 붙여 놓지 말아야 한다.

글을 쓰다 보면 명사를 한꺼번에 나열하는 경우가 자주 발생한다. 명사를 여러 개 나열한 것을 명사구라고 한다. 이러한 명사구에서는 뜻이 잘 통하도록 단어를 적절하게 배열해야 한다. 예를 들면 '급 차선 변경'보다 '차선 급변경'이 뜻이 잘 통하고 부드럽다.

철도청은 20일 폭우로 유실됐던 철로를 복구하고 상·하행선 열차 운행을 재개했다.

'20일'이 폭우로 철로가 유실된 날짜인 것으로 오해할 소지가 있다. '상·하행선' 앞으로 옮겨 의미를 분명하게 해야 한다.

✏️ 철도청은 폭우로 유실됐던 철로를 복구하고 20일 상·하행선 열차 운행을 재개했다.

○○정유사는 10일 11일 자정을 기해 휘발유를 리터당 30원 인상한다고 발표했다.

날짜가 나란히 붙어 있어 읽기에 불편하고 의미를 제대로 파악하기 어렵다.

✏️ ○○정유사는 11일 자정을 기해 휘발유를 리터당 30원 인상한다고 10일 발표했다.

붕괴된 건물 더미에 깔려 있던 어린이가 12일 오전 10시간 만에 무사히 구출됐다.

'12일 오전'과 '10시간 만에'가 나란히 있어 어색하다. '10시간 만인 12일 오전'으로 고치면 뜻이 분명해지고 자연스럽다.

✏️ 붕괴된 건물 더미에 깔려 있던 어린이가 10시간 만인 12일 오전 무사히 구출됐다.

아동 학대가 심각한 사회문제로 대두하고 있는 가운데 아동 학대 임시보호소가 전국에서 운영되고 있다.

'아동 학대 임시보호소'는 뜻이 통하지 않는다. 이대로는 '아동을 학대하는 임시보호소'가 된다. '학대받는 아동'이므로 '학대 아동 임시보호소'로 단어의 위치를 바꾸어야 한다.

✎ 아동 학대가 심각한 사회문제로 대두하고 있는 가운데 학대 아동 임시 보호소가 전국에서 운영되고 있다.

이 회사는 창사 이래 최대 규모의 인원을 승진시켰으며, 마케팅 본사 조직을 50명으로 늘려 영업 부문을 대폭 강화했다.

'마케팅 본사 조직'은 의미가 와 닿지 않는다. '본사(의) 마케팅 조직' 순으로 단어를 배열하는 것이 자연스럽다.

✎ 이 회사는 창사 이래 최대 규모의 인원을 승진시켰으며, 본사(의) 마케팅 조직을 50명으로 늘려 영업 부문을 대폭 강화했다.

경찰청은 문제의 경찰과 함께 경찰서장을 직원에 대한 감독 책임을 물어 직위 해제했다.

목적어 '경찰서장을'을 서술어 '직위 해제했다' 바로 앞에 두는 것이 이해하기 쉽고 부드럽다.

✎ 경찰청은 문제의 경찰과 함께 직원에 대한 감독 책임을 물어 경찰서장을 직위 해제했다.

제6장

적확한 단어를 선택하라

비슷한 단어를 혼동해 쓰는 경우가 많다. '부문'과 '부분', '조종'과 '조정'처럼 모양과 뜻이 비슷한 한자어의 개념을 정확히 모르고 사용하는 예가 적지 않다. '한참'과 '한창', '가르치다'와 '가리키다'처럼 순우리말로 된 비슷한 단어의 차이를 제대로 구분하지 못하고 쓰기도 한다.

비슷한 단어의 차이를 파악하고 가장 알맞은 것을 선택해야 정확한 표현이 가능하고 글의 정교함을 더할 수 있다. 문맥에 맞지 않거나 부정확한 단어를 사용하면 글에 대한 신뢰도 떨어진다. 의미를 섬세하게 표현하기 위해서는 보조사 역시 적절한 것으로 가려 써야 한다.

적확한(꼭 맞는) 단어를 사용하기 위해서는 풍부한 어휘력이

밑받침돼야 하지만 궁금할 때마다 사전을 찾아보는 습관을 들이면 도움이 된다. 인터넷에서 조회가 가능하므로 글을 쓸 때 화면 아래에 사전을 띄워 놓고 사용하면 아주 좋다. 자주 쓰면서도 혼동하기 쉬운 단어를 들면 다음과 같다.

18

비슷한 한자어
구분하기

‖ 일절·일체

안주 일절, 외상 일체 사절!

일절(一切)은 '아주' '전혀' '절대로'의 뜻이다. '그는 일절 연락을
끊었다' '일절 간섭하지 마라' '출입을 일절 금한다' 등에서처럼 부
정적인 내용과 어울려 쓰인다. 일체(一切)는 '모든 것' 또는 '모두
다'를 의미한다. '일체의 책임을 지겠다' '재산 일체를 기부하겠다'
'지나간 일은 일체 털어 버리자' 등과 같이 사용된다. 한자는 같으
면서도 '일절'과 '일체'로 차이가 나는 것은 '切'이(가) '끊을 절' '모
두 체'의 두 가지 뜻으로 달리 읽히기 때문이다.

✎ 안주 일체, 외상 일절 사절!

‖ 부문·부분

올해 아카데미상 시상식에서는 「기생충」이 작품상 등 4개 부분을 수상
했다.

문화·예술·학술 분야 등에서 정해진 기준에 따라 분류해 놓은

것은 '부분'이 아니라 '부문'이다. '부분'은 전체를 이루는 작은 범위를 뜻한다.

✎ 올해 아카데미상 시상식에서는 「기생충」이 작품상 등 4개 부문을 수상했다.

‖ 조종·조정

검찰은 시세조정 혐의로 증권사 직원 4명을 구속했나.

조정(調整)은 알맞게 정돈할 때, 조종(操縱)은 기계를 다루거나 돈·사람 등을 자기 의도대로 쥐락펴락할 때 쓰인다.

✎ 검찰은 시세조종 혐의로 증권사 직원 4명을 구속했다.

‖ 운영·운용

새 정부의 경제정책 운영이 일관성이 없어 신뢰를 주지 못하고 있다.

운영(運營)은 조직이나 기구·사업체 등을 경영하는 것이며, 운용(運用)은 무엇을 움직이게 하거나 부리는 것이다. 정책·제도·법·인력 등에는 '운용'이 어울린다.

✎ 새 정부의 경제정책 운용이 일관성이 없어 신뢰를 주지 못하고 있다.

‖ 결제·결재

그 회사는 어음을 결재하지 못해 부도 처리됐다.

결재(決裁)는 결정할 권한이 있는 상관이 부하가 제출한 안건을 검토해 허가하거나 승인하는 것이다. 결제(決濟)는 증권 또는 대금을 주고받아 매매 당사자 사이의 거래 관계를 끝맺는 일이다.

✎ 그 회사는 어음을 결제하지 못해 부도 처리됐다.

‖ 참석·참가·참여

이번 행사에는 세계 20여 개국에서 300여 명의 예술가가 참석했다.

'참석'은 비교적 작은 규모의 모임이나 회의에 함께해 자리를 차지하는 것이다. 행사·대회 등 규모가 큰 것에는 '참가'가 어울린다. '참여'는 '현실 참여' '경영 참여' 등에서처럼 어떤 일에 끼어들어 관계하는 것으로 추상적인 형태의 활동까지 포함한다.

✎ 이번 행사에는 세계 20여 개국에서 300여 명의 예술가가 참가했다.

‖ 차선·차로

이 구간에서는 오전 7시부터 오후 9시까지 전용차선제가 실시된다.

차선(車線)은 자동차 도로에 그어 놓은 선이다. '차선을 지키다' '차선을 침범하다' 등과 같이 쓰인다. 차로(車路)는 자동차가 다니는 길로 '좌측 차로로 무리하게 끼어들었다'처럼 사용된다. '전용차선제'는 '전용차로제'가 맞다.

✎ 이 구간에서는 오전 7시부터 오후 9시까지 전용차로제가 실시된다.

‖ 주인공·장본인

최고 인기 여배우의 마음을 사로잡은 행운의 장본인이 누구인지 세인
들의 관심이 대단했다.

사전에 따라 다소 차이가 있긴 하나 장본인(張本人)은 부정적인
곳에, 주인공(主人公)은 긍정적인 곳에 잘 어울린다.

✎ 최고 인기 여배우의 마음을 사로잡은 행운의 주인공이 누구인지 세
인들의 관심이 대단했다.

‖ 당사자·주역

그는 한국시리즈 우승을 이끌어 낸 당사자다.

당사자(當事者)는 어떤 일이나 사건에 직접 관계가 있거나 관계한
사람이란 뜻이다. '당사자 이외 출입 금지' '당사자가 처리해야 할
문제' '피해 당사자' 등과 같이 쓰인다. 주역(主役)은 주된 역할을
하는 사람으로 '사건 해결의 주역들' '그는 팀이 우승하는 데 주역
이 되었다' 등처럼 사용된다.

✎ 그는 한국시리즈 우승을 이끌어 낸 주역이다.

‖ 지향·지양

남북 관계는 나라와 나라 사이의 관계가 아니라 통일을 지양하는 과정
에서 생기는 특수 관계다.

지향(志向)은 어떤 목표로 뜻이 쏠리어 향하는 것을 말한다. 지양

(止揚)은 더 높은 단계로 오르기 위해 어떤 것을 하지 않음을 뜻
한다.

✎ 남북 관계는 나라와 나라 사이의 관계가 아니라 통일을 지향하는
과정에서 생기는 특수 관계다.

‖ 반증·방증

절제되지 않은 언어로 상대방의 감정이나 건드리려 하는 건 자신의 논
리가 빈약하다는 반증이다.

반증(反證)은 반대되는 증거이며, 방증(傍證)은 주변 상황을 밝힘
으로써 간접적으로 증명하는 것이다. 예문에서는 간접적인 증거
라는 뜻이므로 '반증'을 '방증'으로 고쳐야 한다. '방증'의 경우 '증
거'로 바꾸어도 뜻이 통한다.

✎ 절제되지 않은 언어로 상대방의 감정이나 건드리려 하는 건 자신의
논리가 빈약하다는 방증이다(증거다).

‖ 개발·계발

과학 영재의 창의성 개발을 위한 풍요화 교육과정을 계발하고 활용해
야 한다.

개발(開發)은 토지나 천연자원 등을 개척해 유용하게 만들거나
산업·경제 등을 발전하게 하는 것으로, 주로 물질적인 것이다. '인
력 개발' 등 사람의 일반적인 능력도 대상이 된다. 계발(啓發)은

인간 내부에 잠재해 있는 능력이나 자질·재능 등을 일깨워 주거나 이끌어 주는 것으로, 주로 개인적인 능력이 대상이다.

✎ 과학 영재의 창의성 계발을 위한 풍요화 교육과정을 개발하고 활용해야 한다.

‖ 재연·재현

현장 검증에 나선 범인은 태연히 범행을 재현했다.

'재현(再現)하다'는 "100여 년 전의 농촌을 재현한 마을에 관광객이 줄을 이었다"에서처럼 '다시 나타나다' '다시 나타내다'는 뜻이다. '재연(再演)하다'는 '(연극·영화 등을) 다시 상연하다' '(한 번 했던 일을) 되풀이하다'는 의미다. 범행은 '재연'이 어울린다.

✎ 현장 검증에 나선 범인은 태연히 범행을 재연했다.

‖ 보존·보전

노사 양측은 임금 보존 문제를 놓고 줄다리기를 계속하고 있다.

보존(保存)은 잘 보호하고 간수해 남김을 뜻한다. '유물 보존' '영토 보존' '종족 보존' '공문서 보존 기간' 등에 쓰인다. 보전(補塡)은 부족한 부분을 보태어 채운다는 뜻이다. '적자 보전' 등과 같이 사용된다. '임금 보존'은 '임금 보전'이라고 해야 한다. 이와 한자가 다른 보전(保全)도 있다. 온전하게 보호해 유지한다는 뜻으로 '생태계 보전' '환경 보전' 등처럼 쓰인다.

✎ 노사 양측은 임금 보전 문제를 놓고 줄다리기를 계속하고 있다.

‖ 배상·보상

다른 건물이 들어서 조망권·일조권을 침해당하면 이에 대한 배상을 받을 수 있는지가 논란이 되고 있다.

배상(賠償)은 불법행위로 인해 발생한 손실을 물어 주는 것이고, 보상(補償)은 적법행위로 인한 손해를 물어 주는 것이다. 다른 건물이 들어서는 것 자체는 불법행위가 아니므로 조망권·일조권 침해는 '보상'이 맞는 말이다.

✎ 다른 건물이 들어서 조망권·일조권을 침해당하면 이에 대한 보상을 받을 수 있는지가 논란이 되고 있다.

‖ 곤욕·곤혹

지나치게 복잡한 입학 전형 방식이 학생과 부모들을 곤욕스럽게 만들고 있다.

곤욕(困辱)은 심한 모욕을 뜻한다. '곤욕을 치르다' '곤욕을 겪다' 등의 예로 쓰인다. 곤혹(困惑)은 곤란한 일을 당해 어찌할 바를 모르는 것을 의미한다. '곤혹스럽다' '예기치 못한 질문에 곤혹을 느꼈다' 등처럼 사용된다.

✎ 지나치게 복잡한 입학 전형 방식이 학생과 부모들을 곤혹스럽게 만들고 있다.

‖ 시험·실험

평화헌법을 보유한 일본이 군대 및 전쟁에 대한 태도를 바꾼 데는 북한의 장거리 미사일 실험발사가 결정적 계기가 됐다.

'시험'과 '실험'을 구분하기는 쉽지 않다. 시험(試驗)은 주로 행위를 뜻하는 명사 앞에 붙어 시험 삼아 무엇을 해 볼 때 쓰인다. 실험(實驗)은 행위를 뜻하지 않는 명사 앞에 붙어 과학 부문에서 어떤 현상을 조사·관찰하거나 새로운 방법·형식을 사용해 볼 때 쓰인다.

시험운전, 시험발사, 시험조업, 시험비행, 시험결혼, 시험갈이, 시험매매, 실험과학, 실험극장, 실험동물, 실험소설, 실험학교, 발사실험, 화학실험

✎ 평화헌법을 보유한 일본이 군대 및 전쟁에 대한 태도를 바꾼 데는 북한의 장거리 미사일 시험발사가(발사실험이) 결정적 계기가 됐다.

‖ 운명·유명

한 상궁은 주위의 시기와 질투로 인해 역모의 누명을 쓰고 운명을 달리했다.

'운명'에는 두 가지 한자가 있다. 이미 정해져 있는 목숨이나 처지를 뜻하는 운명(運命)과 사람의 목숨이 끊어짐을 뜻하는 운명(殞命)이 있다. '運命'은 '운명에 맡기다' '운명에 부딪히다' 등처럼, '殞命'은 '80세를 일기로 운명하셨다' '운명을 지켜보지 못했다' 등과

같이 쓰인다. 유명(幽明)은 어둠과 밝음, 즉 저승과 이승을 아울러 이르는 말이다. '유명을 달리했다'고 하면 이승을 떠나 저승으로 갔다는 뜻이다. 따라서 '죽다'는 의미로는 '운명(殞命)하다'나 '유명을 달리하다' 둘 중 하나를 써야 한다.

✎ 1. 한 상궁은 주위의 시기와 질투로 인해 역모의 누명을 쓰고 유명을 달리했다.

2. 한 상궁은 주위의 시기와 질투로 인해 역모의 누명을 쓰고 운명했다.

19

비슷한 순우리말 구분하기

‖ -든지 · -던지

어젯밤에 술을 얼마나 마셨든지 아무 기억도 안 난다.

'-든지'는 선택, '-던지'는 과거 회상을 나타낸다. '-든' '-든지' '-든가' 등 '든'이 들어간 것은 선택, '-던' '-던지' '-던가' 등 '던'이 들어간 것은 과거라는 사실을 알고 있으면 된다.

✎ 어젯밤에 술을 얼마나 마셨던지 아무 기억도 안 난다.

‖ -(으)로서 · -(으)로써

웹 디자이너나 웹 엔지니어로써 수년간 경력을 쌓고 전문 교육을 이수함으로서 비로소 웹 프로젝트 매니저로써의 업무를 맡을 수 있다.

'-(으)로서'는 지위나 신분 또는 자격을 나타내는 격조사다. '-(으)로써'는 어떤 일의 수단이나 도구를 나타내는 격조사다.

✎ 웹 디자이너나 웹 엔지니어로서 수년간 경력을 쌓고 전문 교육을 이수함으로써 비로소 웹 프로젝트 매니저로서의 업무를 맡을 수 있다.

‖ 다르다 · 틀리다

너와 나는 생각이 틀리다.

'다르다'는 '서로 같지 않다'는 뜻으로 단순한 차이를 의미한다. 다양성을 내포하고 있다. '틀리다'는 '그릇되거나 잘못되다'는 뜻으로 반대말이 '맞다' '옳다'다.

✎ 너와 나는 생각이 다르다.

‖ 띠다 · 띄다

가장 눈에 띠는 변화는 경제 악화로 주택 경기가 침체 양상을 띄고 있다는 점이다.

'띠다'에는 여러 가지 뜻이 있다. 직책·사명 따위를 지니다(중대한 임무를 띠다), 빛깔이나 색채 따위를 가지다(붉은빛을 띤 장미), 감정이나 기운 따위를 나타내다(노기를 띤 얼굴), 어떤 성질을 가지다(보수적 성격을 띠다) 등의 의미가 있다. '띄다'는 '뜨이다' 또는 '띄우다'의 준말이다. '오자가 눈에 띈다' '귀가 번쩍 띄는 이야기' 등에서는 '뜨이다'의 준말로, '두 줄을 띄고 써라' '맞춤법에 맞게 띄어 써라' 등에서는 '띄우다'의 준말로 쓰인 것이다. '뜨이다'나 '띄우다'로 바꿔 보아 말이 되면 '띄다'로 쓰면 된다.

✎ 가장 눈에 띄는 변화는 경제 악화로 주택 경기가 침체 양상을 띠고 있다는 점이다.

∥ 붙이다·부치다

기득권 계층의 반발에도 불구하고 중요 사안을 국민투표에 붙이는 등 개혁 정책을 밀어부쳤다.

'붙이다'는 떨어지지 않게 하다, 관계를 맺게 하다, 말을 걸다, 뺨을 때리다 등의 뜻이 있다. '부치다'는 힘이 미치지 못하다, 편지나 물건을 보내다, 의논 대상으로 내놓다, 논밭을 다루다 등의 의미를 지니고 있다. 예문의 두 경우만 알고 있어도 구분에 도움이 된다.

✎ 기득권 계층의 반발에도 불구하고 중요 사안을 국민투표에 부치는 등 개혁 정책을 밀어붙였다.

∥ 늘이다·늘리다

분식회계란 엿가락을 늘렸다 줄였다 하듯이 기업이 자산·부채를 마음대로 늘였다 줄였다 하는 것이다.

'늘이다'는 길이를 본디보다 길게 할 때, '늘리다'는 수량·재산·세력·능력 등을 원래보다 커지게 할 때 쓰인다.

✎ 분식회계란 엿가락을 늘였다 줄였다 하듯이 기업이 자산·부채를 마음대로 늘렸다 줄였다 하는 것이다.

∥ 빠르다·이르다

본격적인 실적 회복은 빨라야 하반기부터 가능할 전망이지만 2분기부터는 회복 속도가 점차 일러질 것으로 보인다.

'빠르다'는 어떤 동작을 하는 데 걸리는 시간이 짧다는 뜻으로 속도와 관계가 있다. '이르다'는 계획된 때보다 앞서 있다는 의미로 시기와 관계가 있다.

✎ 본격적인 실적 회복은 일러야 하반기부터 가능할 전망이지만 2분기부터는 회복 속도가 점차 빨라질 것으로 보인다.

‖ 가르치다·가리키다

선생님은 아이들에게 어려움 속에서도 참된 길을 가라고 가리키셨다.

'가리키다'는 손가락 등으로 어떤 방향이나 대상을 집어 나타내 보이거나 강조할 때, '가르치다'는 지식이나 기술·이치 등을 깨닫게 할 때 쓰는 말이다.

✎ 선생님은 아이들에게 어려움 속에서도 참된 길을 가라고 가르치셨다.

‖ 작다·적다

누군가에게 도움이 되는 일이라면 그것이 아무리 적은 것이라 해도 큰 업적이 될 수 있다.

'적다'는 분량·수효 등 양과 관계된 것으로 '많다'가 반대말이다. '작다'는 길이·부피·규모 등 크기와 관계된 것으로 '크다'가 반대말이다.

✎ 누군가에게 도움이 되는 일이라면 그것이 아무리 작은 것이라 해도 큰 업적이 될 수 있다.

‖ 빌다·빌리다

이 자리를 빌어 도와주신 모든 분께 감사드립니다.

'빌다'는 '소원을 빌다'와 같이 바라는 것을 이루게 해 달라고 간청하거나 '용서를 빌다'처럼 잘못을 용서해 달라고 호소할 때 쓰인다. '빌리다'는 물건·돈 등을 나중에 돌려주기로 하고 얼마 동안 쓰거나 일정한 형식 또는 남의 말 등을 취해 따를 때 사용한다.

✎ 이 자리를 빌려 도와주신 모든 분께 감사드립니다.

‖ 맞추다·맞히다

나는 열 문제 중에서 겨우 세 개만 맞춰 자존심이 무척 상했다.

'맞추다'는 서로 떨어져 있는 부분을 제자리에 맞게 대어 붙이거나 여러 개를 나란히 놓고 대조해 보는 경우에, '맞히다'는 문제·수수께끼 등의 정답을 알아낼 때 쓰인다.

✎ 나는 열 문제 중에서 겨우 세 개만 맞혀 자존심이 무척 상했다.

‖ 조리다·졸이다

죄지은 사람은 항상 마음을 조리고 있어 언젠가는 저도 모르게 그러한 낌새를 드러내게 마련이다.

'조리다'는 요리할 때 '양념을 해 바짝 끓이다'는 뜻으로, '졸이다'는 마음·가슴 등과 어울려 '속을 태우다시피 초조해하다'는 의미로 쓰인다. '졸이다'는 '국물이 줄어들게 하다'는 뜻으로도 사용된다.

✎ 죄지은 사람은 항상 마음을 졸이고 있어 언젠가는 저도 모르게 그러한 낌새를 드러내게 마련이다.

‖ 탓·덕분·때문

특소세가 내린 탓에 그나마 매출이 조금 늘었다.

'탓'은 부정적인 영향을 미칠 때, '덕분(德分)'은 긍정적인 영향을 미칠 때 쓴다. '때문'은 두 경우 모두 사용할 수 있다.

✎ 1. 특소세가 내린 덕분에 그나마 매출이 조금 늘었다.

2. 특소세가 내린 때문에 그나마 매출이 조금 늘었다.

‖ 한참·한창

마흔이 한창 넘도록 연애 한번 못 해 본 그가 선배로부터 여자를 소개받아 요즘 한참 연애 중이다.

'한참'은 시간이 상당히 지나는 동안, '한창'은 가장 왕성하거나 무르익은 때를 뜻한다.

✎ 마흔이 한참 넘도록 연애 한번 못 해 본 그가 선배로부터 여자를 소개받아 요즘 한창 연애 중이다.

‖ 너머·넘어

산을 넘고 너머 몸은 지치고 날은 어두워졌건만 산 넘어에 있다는 마을은 보이지 않는구나.

'너머'는 집·담·산·고개 같은 높은 것의 저쪽을 뜻하는 명사다. '넘어'는 '어떤 물건 위를 지나다'는 뜻의 동사 '넘다'에 연결어미 '-어'가 붙은 것으로 동작을 나타낸다.

✎ 산을 넘고 넘어 몸은 지치고 날은 어두워졌건만 산 너머에 있다는 마을은 보이지 않는구나.

‖ 결단·결딴

정부가 빨리 결딴을 내리지 않으면 우리 경제가 결단나게 생겼다.

결단(決斷)은 결정적 판단이나 단정을 의미하는 한자어다. '결딴'은 아주 망가져 손을 쓸 수 없는 상태를 뜻하는 순우리말이다.

✎ 정부가 빨리 결단을 내리지 않으면 우리 경제가 결딴나게 생겼다.

‖ 갑절·곱절

일본 고추는 한국 고추에 비해 세 갑절이나 매우면서 당분은 한국 고추의 절반에도 미치지 못한다.

'갑절'은 어떤 수나 양을 두 번 합친 것, '곱절'은 같은 수나 양을 여러 번 합친 것을 뜻한다. 따라서 '갑절=두 곱절'이며, '세 갑절'은 '세 곱절'로 해야 한다.

✎ 일본 고추는 한국 고추에 비해 세 곱절이나 매우면서 당분은 한국 고추의 절반에도 미치지 못한다.

‖ 5일·닷새

주5일 근무제는 월·화·수·목·금요일 5일을 일하고 토·일요일 2일을 쉬는 것이다.

뒤의 '5일'과 '2일'은 날짜를 세는 순우리말 '닷새'와 '이틀'로 쓰는 것이 좋다. 다른 날짜와 혼동되지 않고 의미도 명확해진다.

✎ 주5일 근무제는 월·화·수·목·금요일 닷새를 일하고 토·일요일 이틀을 쉬는 것이다.

‖ 첫째·첫 번째

그는 한국이 재도약하기 위한 전제조건으로 첫 번째 정치적 안정, 두 번째 세대 간 갈등 해소, 세 번째 남북 통일에 대한 명확한 비전 제시, 네 번째 미국·일본·중국과의 등거리 외교 실현 등을 들었다.

'첫 번째, 두 번째, 세 번째……'는 여러 번 거듭하는 일의 횟수(제1회, 제2회, 제3회……)를, '첫째, 둘째, 셋째……'는 차례로 벌여 놓은 항목이나 사물의 순서를 가리킨다.

✎ 그는 한국이 재도약하기 위한 전제조건으로 첫째 정치적 안정, 둘째 세대 간 갈등 해소, 셋째 남북 통일에 대한 명확한 비전 제시, 넷째 미국·일본·중국과의 등거리 외교 실현 등을 들었다.

20

조사 정확하게
사용하기

조사는 그 말과 다른 말의 문법적 관계를 표시하거나 그 말의 뜻을 도와주는 품사다. 크게 격조사·접속조사·보조사가 있다. "나는 공부한다"에서 '는'은 주격조사, "나를 따르라"에서 '를'은 목적격 조사다. '서울과 부산' '사과며 배'에서 '과'와 '며'는 접속조사다. 이들은 문장에서 겉으로 드러난 의미 외에 실질적 의미를 지니지 않기 때문에 별문제가 안 된다. 보조사가 문제다.

보조사는 문법적 구실보다는 단어의 섬세한 의미를 전달하는 조사다. 글 쓰는 사람이 전달하고자 하는 섬세한 뉘앙스를 간단하고도 함축적으로 표현해 내는 역할을 한다. 보조사는 아무 단어에나 자유로이 붙을 수 있으며 다른 보조사와 결합해 보다 넓고 섬세한 의미로 확장되기도 한다.

이처럼 보조사는 특별한 뜻을 더해 주므로 나타내고자 하는 의미를 섬세하고도 적절하게 표현하기 위해서는 보조사의 쓰임새를 정확히 알고 사용해야 한다. 또 어법과 문맥에 맞게 적절한 보조사를 선택해야 한다. 보조사에는 '은' '는' '도' '만' '까지' '마저'

'조차' '부터' 등이 있다.

- **공부를 잘한다** : 단순히 공부를 잘한다는 사실만 나타냄.
- **공부는 잘한다** : 다른 것은 못하지만 공부 하나는 잘한다는 의미를 내포.
- **공부도 잘한다** : 다른 것도 잘하고 공부도 잘한다는 의미를 가짐.

공부를 잘했지만 운동에는 소질이 없었다.

'공부를'보다 '공부는'으로 표현해야 내용이 강조된다.

✎ 공부는 잘했지만 운동에는 소질이 없었다.

공부를 잘했지만 다른 면에서도 훌륭한 리더십을 발휘했다.

똑같이 잘했다고 표현하기 위해서는 '공부를'을 '공부도'로 하는 것이 낫다.

✎ 공부도 잘했지만 다른 면에서도 훌륭한 리더십을 발휘했다.

그녀와 헤어진다는 것은 생각할 수가 없는 일이다.

'생각할 수가'보다 '생각할 수조차'가 예상하기 어려운 극단의 경우임을 표현하기에 적절하다.

✎ 그녀와 헤어진다는 것은 생각할 수조차 없는 일이다.

막내도 출가시키고 나니 몹시 허전하다.

하나 남은 마지막임을 나타내기 위해서는 '막내도'보다 '막내마저'가 적당하다.

✎ 막내마저 출가시키고 나니 몹시 허전하다.

제7장

단어와 구절을 대등하게 나열하라

단어와 구절을 적절하게 나열해야 일목요연하고 질서정연한 문장이 된다. 요령 없이 접속사나 쉼표를 남용함으로써 복잡하고 어수선한 문장을 만들어 내는 경우가 많다.

단어·구절을 나열할 경우 반드시 동일한 성격이나 구조를 지녀야 한다. 나열되는 단어의 성격이 다르거나 이어지는 구절의 구조가 다르면 문장성분끼리 호흡하지 못하고 글이 부드럽게 흘러가지 않는다.

'과' '와' '나' '및' 등 접속사 사용을 되도록 피하고 가운뎃점(·)이나 쉼표(,)를 이용해 단어와 구절을 앞뒤 대등하게 나열하는 것이 문장을 깔끔하게 만드는 비결이다. 단어 나열에는 가운뎃점, 구 또는 절 나열에는 쉼표가 유용하다.

같은 성격의
단어 나열

단어를 나열할 때는 같은 성격을 유지해야 한다. '한국·일본·중국'처럼 국가를 나열할 때는 국가만 나와야 하고, '서울·도쿄·베이징'처럼 도시를 나열할 때는 도시만 나와야 한다. 이 둘이 섞이면 문장성분이 유기적으로 관계를 맺지 못한다.

또 '서울과 대전과 대구와 부산'에서와 같이 단어 나열에 접속사를 많이 사용하면 읽기 불편하고 의미가 쉽게 와 닿지 않는다. 가운뎃점을 이용해 이들 단어를 한 무리로 묶는 것이 좋다.

'서울, 대전, 대구, 부산'처럼 단어 나열에 쉼표를 사용하는 사람이 많으나 그렇게 되면 문장이 온통 쉼표로 어지러운 경우가 생긴다. 따라서 '서울·대전·대구·부산'과 같이 동일한 성격의 단어는 가운뎃점으로 나열하는 것이 가장 이상적이다.

한류 열풍을 타고 한국 영화와 드라마가 대만·중국·하노이 등에서 인기를 끌고 있다.

대만·중국은 나라 이름이지만 하노이는 도시 이름이므로 성격이 맞지 않는다. 하노이 역시 나라 이름인 베트남으로 해야 한다.

✎ 한류 열풍을 타고 한국 영화와 드라마가 대만·중국·베트남 등에서 인기를 끌고 있다.

기계생산은 재택근무 증가와 스마트공정 및 로봇산업 성장 등에 힘입어 상승했다.

접속어인 '와' '및'의 연결이 다소 복잡하다. 단어 나열에 가운뎃점을 사용하면 훨씬 깔끔하고 일목요연해진다. 다음 둘 중 하나로 하는 것이 바람직하다.

✎ 1. 기계생산은 재택근무 증가와 스마트공정·로봇산업 성장 등에 힘입어 상승했다.

2. 기계생산은 재택근무 증가, 스마트공정·로봇산업 성장 등에 힘입어 상승했다.

방역체계가 생활 속 거리두기로 전환됨에 따라 문화시설 재개관, 종교시설 등에 대한 집회 제한 명령 해제, 회식, 모임, 외출 허용 등으로 경제활동이 확대됐다.

쉼표(콤마)로 나열되는 부분의 격이 달라 혼란스럽다. 단어 나열에는 가운뎃점, 구절 나열에는 쉼표를 사용하면 일목요연하고 질서 정연한 문장이 된다.

✎ 방역체계가 생활 속 거리두기로 전환됨에 따라 문화시설 재개관, 종

교시설 등에 대한 집회 제한 명령 해제, 회식·모임·외출 허용 등으로 경제활동이 확대됐다.

이 책은 서양뿐 아니라, 인도, 이슬람, 중국 사회까지 다루고 있어, 성의 역사에 대한 폭넓은 조망을 할 수 있다는 것이 강점이다.

쉼표가 너무 많아 의미의 단락을 구분하기 힘들다. '인도' '이슬람' '중국'처럼 같은 성격의 단어는 가운뎃점으로 나열하고, 필요 없는 쉼표는 없애는 것이 깔끔하다.

✎ 이 책은 서양뿐 아니라 인도·이슬람·중국 사회까지 다루고 있어 성의 역사에 대한 폭넓은 조망을 할 수 있다는 것이 강점이다.

시인은 방랑하며 우리들의 잃어버린 꿈과 그리움을 만나고, 그곳의 파도, 개펄, 바다에서, 그리고 고단한 삶을 살아가는 이들에게서 시를 길러 낸다.

같은 성격의 단어인 '파도' '개펄' '바다'는 가운뎃점으로 나열하는 것이 보기에 좋고 꼭 필요한 쉼표와의 중복도 피할 수 있다.

✎ 시인은 방랑하며 우리들의 잃어버린 꿈과 그리움을 만나고, 그곳의 파도·개펄·바다에서, 그리고 고단한 삶을 살아가는 이들에게서 시를 길러 낸다.

자주국방을 이루기 위해서는 우리의 동맹국 및 우호국과 신뢰를 바탕으로 한 긴밀한 안보협력 체제를 구축하고, 지역 및 세계 안보전략 상황과 여건을 최대한 활용하는 것이 중요하다.

'과' '및' 등 접속사가 많아 의미를 구분하기 힘들고 읽기에 불편하다. '동맹국 및 우호국'과 '지역 및 세계'는 같은 성격의 단어이므로 가운뎃점을 이용해 '동맹·우호국' '지역·세계'로 나열함으로써 접속사를 줄이는 것이 여러모로 좋다.

✎ 자주국방을 이루기 위해서는 우리의 동맹·우호국과 신뢰를 바탕으로 한 긴밀한 안보협력 체제를 구축하고, 지역·세계 안보전략 상황과 여건을 최대한 활용하는 것이 중요하다.

22

같은 구조의
구절 나열

구절은 두 개 이상의 단어로 이루어진 구나 절을 말한다. 이들을 나열할 때는 반드시 같은 구조를 지녀야 한다. 예를 들어 '국가+도시'로 된 구를 나열하려면 모두 이 형태가 돼야 한다. 또 '명사+명사'로 이루어진 명사구가 나열되다 갑자기 다른 형태의 구나 절이 나오면 문장성분끼리 호흡하지 못한다. '목적어+서술어' 구조의 나열도 마찬가지 형태가 이어져야 한다.

'한국 서울, 일본 도쿄, 중국 베이징'에서처럼 여러 개의 구절을 나열할 때는 쉼표가 어울린다. 구절 나열에 단어 나열처럼 가운뎃점을 사용하면 보기 싫고 혼란스러워지므로 주의해야 한다. 접속사를 줄이고 똑같은 구조의 구절을 쉼표로 나열하면 일목요연해져 눈에 잘 들어온다.

프랑스 파리와 이탈리아 밀라노, 미국 등이 세계 패션을 주름잡고 있다.

'프랑스 파리' '이탈리아 밀라노'는 '나라+도시'의 구조로 돼 있으나 '미국'은 나라만 있고 도시가 없다. 미국도 도시 이름을 넣어 주든가, 아니면 도시 이름을 모두 빼고 나라로만 나열해야 한다.

✎ 1. 프랑스 파리와 이탈리아 밀라노, 미국 뉴욕 등이 세계 패션을 주름잡고 있다.

2. 프랑스·이탈리아·미국 등이 세계 패션을 주름잡고 있다.

우리 동호회는 정기적으로 만나 정보 교류와 친목을 도모하고 있다.

'정보 교류'는 구, '친목을 도모하고'는 절의 형태다.

✎ 1. 우리 동호회는 정기적으로 만나 정보 교류와 친목 도모를 하고 있다.

2. 우리 동호회는 정기적으로 만나 정보를 교류하고 친목을 도모하고 있다.

글을 잘 쓰려면 많은 독서를 하고, 꾸준한 글쓰기 연습, 체계적인 지도가 필요하다.

'많은 독서를 하고'는 절, '꾸준한 글쓰기 연습' '체계적인 지도'는 구의 형태여서 서로 호흡하지 못한다.

✎ 1. 글을 잘 쓰려면 많은 독서, 꾸준한 글쓰기 연습, 체계적인 지도가 필요하다.

2. 글을 잘 쓰려면 독서를 많이 하고, 글쓰기 연습을 꾸준히 해야 하며, 체계적으로 지도를 받아야 한다.

'디지털 홈'이 실현됨으로써 인터넷·휴대전화로 가전기기 제어·조명 조절·원격 진료 등을 할 수 있게 됐다.

'가전기기 제어' '조명 조절' '원격 진료'와 같은 구의 나열에는 가운뎃점보다 쉼표가 적절하다.

✎ '디지털 홈'이 실현됨으로써 인터넷·휴대전화로 가전기기 제어, 조명 조절, 원격 진료 등을 할 수 있게 됐다.

중국의 긴축정책·미국의 금리 인상·국제 유가 상승 등으로 우리 경제는 더욱 침체에 빠져들고 있다.

구의 나열에는 가운뎃점보다 쉼표가 어울린다.

✎ 중국의 긴축정책, 미국의 금리 인상, 국제 유가 상승 등으로 우리 경제는 더욱 침체에 빠져들고 있다.

그날 저녁 너무 아파 음식을 먹을 수도 잠도 잘 수 없었다.

'음식을 먹을 수도' '잠도 잘 수'의 구성 방식이 다르다. 똑같은 구조인 '잠을 잘 수도'로 고쳐야 부드럽게 굴러간다.

✎ 그날 저녁 너무 아파 음식을 먹을 수도, 잠을 잘 수도 없었다.

합리적인 노사 관계를 구축하기 위해서는 노사 간의 신뢰 회복과 제도를 정비하는 것이 필요하다.

'노사 간의 신뢰 회복'은 '명사+명사', '제도를 정비하는 것'은 '목적어+서술어' 형태다. 둘 다 같은 구조로 바로잡아야 한다.

✎ 1. 합리적인 노사 관계를 구축하기 위해서는 노사 간의 신뢰 회복과 제도 정비가 필요하다.

2. 합리적인 노사 관계를 구축하기 위해서는 노사 간의 신뢰를 회복하고 제도를 정비하는 것이 필요하다.

우주 팽창의 비밀을 밝히는 데, 우주의 원소 분포를 조사하는 데, 그리고 양자역학의 확립에 결정적 역할을 했다.

'목적어+서술어' 형태의 절이 나열되다 갑자기 '양자역학의 확립'이라는 명사구가 나온다. 마찬가지로 절의 형태인 '양자역학을 확립하는 데'로 바꿔야 한다.

✎ 우주 팽창의 비밀을 밝히는 데, 우주의 원소 분포를 조사하는 데, 그리고 양자역학을 확립하는 데 결정적 역할을 했다.

교육부는 학종의 개선을 위해 학교생활기록부와 교사추천서 등에서 학생과 교사에게 부담이 되고, 사교육 유발 요소를 개선하겠다고 밝혔다.

'학생과 교사에게 부담이 되고'는 절의 형태이고 '사교육 유발'은 구의 형태여서 부드럽게 굴러가지 못한다.

✎ 교육부는 학종의 개선을 위해 학교생활기록부와 교사추천서 등에서 학생과 교사에게 부담이 되고, 사교육을 유발하는 요소를 개선하겠

다고 밝혔다.

한국은 코로나19로 인한 피해 극복 지원과 경제활력 보강 목적의 대책 발표 및 기준금리를 인하해 충격을 최소화했다.

'피해극복 지원' '대책 발표'라는 명사구가 나열되다 갑자기 '기준금리를 인하해'라는 '목적어+서술어' 구조의 절이 나와 부드럽게 굴러가지 못한다.

✎ 한국은 코로나19로 인한 피해 극복 지원과 경제활력 보강 목적의 대책 발표 및 기준금리 인하로 충격을 최소화했다.

재택근무 확대로 가정용 기기 수요가 증가하고, 특수목적 기계 생산의 증가, AI 및 자동화기계의 수요 급증 등에 따른 영향이다.

'가정용 기기 수요가 증가하고'는 절의 형태이고 '특수목적 기계 생산의 증가'와 'AI 및 자동화기계의 수요 급증'은 명사구여서 균형이 맞지 않는다. 다음 둘 가운데 하나의 문장이 돼야 한다.

✎ 1. 재택근무 확대로 인한 가정용 기기 수요 증가, 특수목적 기계 생산 증가, AI 및 자동화기계 수요 급증 등에 따른 영향이다.

2. 재택근무 확대로 가정용 기기 수요가 증가하고, 특수목적 기계 생산이 늘었으며, AI 및 자동화기계의 수요가 급증한 것 등에 따른 영향이다.

10월 중 서비스업 생산은 코로나19의 영향으로 소비자들이 외출자제 및 대면접촉을 피하면서 금융 및 보험을 제외한 모든 업종에서 감소했다.

'외출자제'와 '대면접촉을 피하면서' 부분의 구조가 달라 서로 호응하지 못한다. '외출자제'도 '목적어+서술어' 구조로 만들어야 한다.

✎ 10월 중 서비스업 생산은 코로나19의 영향으로 소비자들이 외출을 자제하고 대면접촉을 피하면서 금융 및 보험을 제외한 모든 업종에서 감소했다.

제8장

띄어쓰기를 철저히 하라

띄어쓰기를 하는 이유는 무엇일까? 단어들로 엮인 문장 속에서 잠깐 멈추는 시간을 줌으로써 읽기 쉽게 하기 위함이다. 또한 의미의 단락을 구분함으로써 뜻을 명확하게 하기 위해서다.

그러나 우리말의 띄어쓰기 규정이 복잡하면서도 예외 규정이 많아 일반인이 완벽하게 구사하기는 쉽지 않다. 특히 일부 단어는 쓰임새(뜻)에 따라 의존명사가 되기도 하고 조사나 어미가 되기도 해 그때마다 띄어쓰기를 달리해야 한다.

어려운 만큼 띄어쓰기를 철저하게 하면 남보다 좋은 평가를 받을 수 있다. 띄어쓰기를 제대로 하려면 띄어쓰기의 일반 규칙과 예외 규정을 어느 정도 알고 있어야 한다. 그래도 헷갈리는 것은 그때그때 사전을 찾아보는 습관을 들이면 좋다.

띄어쓰기의
일반 규칙

✎ **23**

‖ **조사는 앞말에 붙여 쓴다.**

조사는 명사나 부사·어미 등에 붙어 그 말과 다른 말의 문법적 관계를 표시하거나 그 말의 뜻을 도와주는 품사를 말하며, 앞말에 붙여 쓴다.

꽃이 / 꽃마저 / 꽃밖에 / 꽃에서부터 / 꽃으로만

꽃이나마 / 꽃이다 / 꽃입니다 / 꽃처럼

어디까지나 / 거기도 / 멀리는 / 웃고만

‖ **의존명사(불완전명사)는 띄어 쓴다.**

명사의 뜻을 띠고 있지만 홀로 사용되지는 못하고 다른 말의 도움을 받아야 온전하게 쓰이는 말을 의존명사 또는 불완전명사라고 한다. 대부분 이 의존명사에 익숙지 않아 틀리는 경우가 많다. '것' '수' '만큼' '이' '바' '지' 등이 있다.

아는 것이 힘이다. / 나도 할 수 있다.

먹을 만큼 먹어라. / 아는 이를 만났다.

네가 뜻한 바를 알겠다. / 그가 떠난 지 오래다.

‖ 단위를 나타내는 명사는 띄어 쓴다.

한 개 / 차 한 대 / 금 서 돈

소 한 마리 / 옷 한 벌 / 열 살

조기 한 손 / 연필 한 자루 / 버선 한 죽

집 한 채 / 신 두 켤레 / 북어 한 쾌

다만 순서를 나타내는 경우나 숫자와 어울려 쓰일 때는 붙여 쓸
수 있다.

두시 삼십분 오초 / 제일과 / 삼학년 / 육층

2013년 10월 9일 / 2대대 / 16동 502호 / 제1실습실

‖ 수를 적을 때에는 '만(萬)' 단위로 띄어 쓴다.

십이억 삼천사백오십육만 칠천팔백구십팔

12억 3456만 7898

‖ 두 말을 이어 주거나 열거할 때 쓰이는 다음 말들은 띄어 쓴다.

국장 겸 과장 / 열 내지 스물

청군 대 백군 / 책상·걸상 등이 있다.

이사장 및 이사들 / 사과·배·귤 등등

사과·배 등속 / 부산·광주 등지

‖ 단음절로 된 단어가 연이어 나타날 때에는 붙여 쓸 수 있다.

그때 그곳 / 좀더 큰것 / 이말 저말 / 한잎 두잎

‖ 보조 용언은 띄어 씀이 원칙이나 붙여 쓰는 것도 허용한다.

불이 꺼져 간다. / 불이 꺼져간다.

내 힘으로 막아 낸다. / 내 힘으로 막아낸다.

어머니를 도와 드린다. / 어머니를 도와드린다.

그릇을 깨뜨려 버렸다. / 그릇을 깨뜨려버렸다.

비가 올 듯하다. / 비가 올듯하다.

그 일은 할 만하다. / 그 일은 할만하다.

일이 될 법하다. / 일이 될법하다.

비가 올 성싶다. / 비가 올성싶다.

잘 아는 척한다. / 잘 아는척한다.

다만 앞말에 조사가 붙거나 앞말이 합성 동사인 경우, 그리고 중
간에 조사가 들어갈 때엔 그 뒤에 오는 보조 용언은 띄어 쓴다.

잘도 놀아만 나는구나! / 책을 읽어도 보고….

네가 덤벼들어 보아라. / 강물에 떠내려가 버렸다.

그가 올 듯도 하다. / 잘난 체를 한다.

성과 이름, 성과 호 등은 붙여 쓰고, 이에 덧붙는 호칭어·관직명 등은 띄어 쓴다.

김양수(金良洙) / 서화담(徐花潭) / 채영신 씨

최치원 선생 / 박동식 박사 / 충무공 이순신 장군

다만 성과 이름, 성과 호를 분명히 구분할 필요가 있을 경우에는 띄어 쓸 수 있다.

남궁억 / 남궁 억, 독고준 / 독고 준, 황보지봉 / 황보 지봉

‖ 성명 이외의 고유명사는 단어별로 띄어 씀을 원칙으로 하나 단위별로 띄어 쓸 수 있다.

대한 중학교 / 대한중학교

한국 대학교 사범 대학 / 한국대학교 사범대학

‖ 전문 용어는 단어별로 띄어 씀을 원칙으로 하나 붙여 쓸 수 있다.

만성 골수성 백혈병 / 만성골수성백혈병

중거리 탄도 유도탄 / 중거리탄도유도탄

24

쓰임새에 따라 띄어쓰기를 달리하는 것들

조사나 어미는 앞말에 붙여 쓰고 의존명사는 띄어 쓴다고 돼 있다. 하지만 '-지' '-데' '-바' 등은 쓰임새에 따라 조사나 어미가 되기도 하고 의존명사가 되기도 한다. 쓰임새에 따라 띄었다 붙였다 해야 하므로 각 경우를 알고 있어야 한다. 다음 열 가지는 자주 쓰면서도 흔히 틀리는 것이다.

‖ 지

시간을 나타낼 때는 의존명사로 띄어 쓴다.

그를 만난 지도 꽤 오래되었다.

집을 떠나온 지 어언 3년이 지났다.

강아지가 집을 나간 지 사흘 만에 돌아왔다.

의문·추측을 나타내는 경우에는 어미로 붙여 쓴다.

그 사람이 누군지 아무도 모른다.

얼마나 부지런한지 세 사람 몫의 일을 해 낸다.

아버님, 어머님께서도 안녕하신지.

‖ 데

'장소·경우··일·것'의 의미를 가질 때는 의존명사로 띄어 쓴다.

그가 사는 데는 여기서 한참 멀다.

그 책을 다 읽는 데 삼 일이 걸렸다.

그 사람은 오직 졸업장을 따는 데 목적이 있다.

이 그릇은 귀한 것이라 손님 대접하는 데나 쓴다.

뒷말을 연결해 주는 연결형 어미일 때는 붙여 쓴다.

여기가 우리 고향인데 인심 좋고 경치 좋은 곳이지.

날씨가 추운데 외투를 입고 나가거라.

그 사람이 정직하기는 한데 이번 일에는 적합지 않다.

저분이 그럴 분이 아니신데 큰 실수를 하셨다.

종결형 어미일 때도 붙여 쓴다.

 오늘 날씨가 정말 추운데.

어머님이 정말 미인이신데.

‖ 바

앞에서 말한 내용 그 자체나 일 등을 나타내는 말과 방법·방도,

주장, 형편을 뜻하는 말일 때는 의존명사로 띄어 쓴다.

각자 맡은 바 책임을 다하라.

어찌할 바를 모르고 쩔쩔맸다.

어차피 매를 맞을 바에는 먼저 맞겠다.

이렇게 억지 부릴 바에는 다 그만두자.

뒤 절에서 어떤 사실을 말하기 위해 그 사실이 있게 된 과거의 어떤 상황을 미리 제시할 때는 연결어미로 붙여 쓴다.

서류를 검토한바 몇 가지 미비한 사항이 발견되었다.

우리의 나아갈 바는 이미 정해진바 우리는 이제 그에 따를 뿐이다.

그는 나와 동창인바 그를 잘 알고 있다.

너의 죄가 큰바 응당 벌을 받아야 한다.

‖ 대로

어떤 모양이나 상태, 할 수 있는 최대한의 뜻일 때는 의존명사로 띄어 쓴다.

본 대로 들은 대로 이야기를 해봐라.

예상했던 대로 시험 문제가 까다로웠다.

그 둘의 애정은 식을 대로 식었다.

될 수 있는 대로 빨리 와라.

(명사 뒤에 붙어) 앞에 오는 말에 근거하거나 달라짐이 없음을 나타내는 보조사와 따로따로 구별됨을 나타내는 보조사일 때는 붙여 쓴다.

처벌하려면 법대로 해라.

큰 것은 큰 것대로 따로 모아 둬라.

너는 너대로 나는 나대로 서로 상관하지 말고 살자.

‖ 밖

어떤 선이나 금을 넘어선 쪽, 겉이 되는 쪽, 일정한 한도나 범위에 들지 않는 나머지 다른 부분·일 등을 나타낼 때는 명사로 띄어 쓴다.

이 선 밖으로 물러나 기다리시오.

어머니는 동구 밖에까지 따라 나오며 우리를 배웅하셨다.

그는 기대 밖의 높은 점수를 얻었다.

예상 밖으로 일이 복잡해졌다.

'그것 말고는'의 뜻을 나타낼 때는 조사로 붙여 쓴다. 이 경우 반드시 뒤에 부정을 나타내는 말이 따른다.

그는 공부밖에 모른다.

하나밖에 남지 않았다.

나를 알아주는 사람은 너밖에 없다.

가지고 있는 돈이 천 원밖에 없었다.

‖ 뿐

(어미 '-을' 뒤에 쓰여) 다만 어떠하거나 어찌할 따름이라는 뜻을 나타낼 때는 의존명사로 띄어 쓴다.

소문으로만 들었을 뿐이네.

그는 웃고만 있을 뿐이지 싫다 좋다 말이 없다.

모두들 구경만 할 뿐 누구 하나 거드는 이가 없었다.

('-다 뿐이지' 구성으로 쓰여) 오직 그렇게 하거나 그러하다는 것을 나타내는 말일 때도 의존명사로 띄어 쓴다.

이름이 나지 않았다 뿐이지 참 성실한 사람이다.

시간만 보냈다 뿐이지 한 일은 없다.

(명사나 부사어 뒤에 붙어) '그것만이고 더는 없음' 또는 '오직 그렇게 하거나 그러하다는 것'을 나타낼 때는 보조사로 붙여 쓴다.

이제 믿을 것은 오직 실력뿐이다.

그 아이는 학교에서뿐만 아니라 집에서도 말썽꾸러기였다.

그는 가족들에게뿐만 아니라 이웃들에게도 언제나 웃는 얼굴로 대했다.

‖ 만

(주로 '만에' '만이다' 꼴로 쓰여) 시간 · '-동안'을 나타내는 말일 때는 의존명사로 띄어 쓴다.

도착한 지 두 시간 만에 떠났다.

그때 이후 삼 년 만이다.

도대체 이게 얼마 만인가.

앞말이 뜻하는 동작이나 행동에 타당한 이유가 있음을 나타내는 말일 때도 의존명사로 띄어 쓴다.

그가 화를 낼 만도 하다

듣고 보니 좋아할 만은 한 이야기다.

그냥 모르는 척 살 만도 한데 말이야.

그가 그러는 것도 이해할 만은 하다.

한정을 나타내거나 강조하는 뜻일 때는 보조사로 붙여 쓴다.

하루 종일 잠만 잤더니 머리가 띵했다.

그를 만나야만 모든 문제가 해결될 수 있다.

열 장의 복권 중에서 하나만 당첨돼도 바랄 것이 없다.

‖ 만큼

앞의 내용에 상당하는 수량이나 정도임을 나타내는 말일 때는 의존명사로 띄어 쓴다.

노력한 만큼 대가를 얻게 마련이다.

사용한 만큼 돈을 내면 된다.

방 안은 숨소리가 들릴 만큼 조용했다.

뒤에 나오는 내용의 원인이나 근거가 됨을 나타내는 말일 때도 의
존명사로 띄어 쓴다.

어른이 심하게 다그친 만큼 그의 행동도 달라져 있었다.

까다롭게 검사하는 만큼 준비를 철저히 해야 한다.

(주로 명사 뒤에 붙어) 앞말과 비슷한 정도나 한도임을 나타낼 때는
보조사로 붙여 쓴다.

명주는 무명만큼 질기지 못하다.

공부만큼은 남에게 뒤지지 않는다.

부모님에게만큼은 잘해 드리고 싶었는데!

‖ 간(間)

한 대상에서 다른 대상까지의 사이나 관계를 나타낼 때는 의존명
사로 띄어 쓴다.

고속철을 타면 서울과 부산 간에 2시간 40분이 걸린다.

부모와 자식 간에도 예의를 지켜야 한다.

앞에 나열된 말 가운데 어느 쪽인지를 가리지 않는다는 뜻일 때
도 의존명사로 띄어 쓴다.

공부를 하든지 운동을 하든지 간에 열심히만 해라.

(기간을 나타내는 일부 명사 뒤에 붙어) '-동안'의 뜻을 나타낼 때는
접미사로 붙여 쓴다.

이틀간, 한 달간, 30일간, 2년간

‖ 망정

괜찮거나 잘된 일이라는 뜻을 나타내는 말일 때는 의존명사로 띄
어 쓴다.

엄마가 바로 옆에 있었으니까 망정이지 하마터면 아기가 크게 다칠 뻔
했다.

(주로 'ㄹ' 받침인 용언의 어간에 붙어) 앞 절의 사실을 인정하고 뒤 절
에 그와 대립되는 다른 사실을 이어 말할 때에는 연결어미로 붙
여 쓴다.

시골에서 살망정 세상 물정을 모르지는 않는다.

우리 학교는 규모가 작을망정 역사는 오래됐다.

시험에 떨어질망정 남의 것을 베끼지는 않겠다.

25 기타 헷갈리는 띄어쓰기

일반적으로는 맞춤법 규정에 따라 띄어쓰기를 하면 되지만 '보잘것없다'와 같이 전체가 한 단어로 굳어져 붙여 쓰는 경우가 있다. '-커녕' '-는(은)커녕'처럼 띄어 쓰는 것으로 생각하기 쉬우나 항상 붙여 쓰는 단어도 있다.

'안'은 '안 간다' '안 먹는다' '안 된다'처럼 띄어 쓰지만 일·현상 등이 좋게 이뤄지지 않거나 사람이 훌륭하게 되지 못함을 뜻하는 '안되다'('잘되다'의 반대 개념)는 한 단어로 붙여 쓴다.

학교에 지각하면 안 된다. (일반적인 경우)

장사가 너무 안된다. ('잘되다'의 반대)

자식이 안되기를 바라는 부모가 어디 있겠는가. ('잘되다'의 반대)

'못'은 '못 간다' '못 말린다' 등과 같이 띄어 쓰지만 '못하다'는 한 단어로 붙여 쓴다.

담배는 피우지만 술은 못한다. / 말을 잊지 못했다.

노래를 못한다. / 공부를 못한다.

'못'이 '되다'와 결합하는 경우 성질·품행이 좋지 않거나 일이 뜻
대로 되지 않음을 나타낼 때는 '못되다'가 한 단어다.
전철역까지의 거리가 1km도 채 못 된다. (일반적인 경우)
못된 심보다. 못된 짓만 골라 한다. (성질·품행)
못된 게 남의 탓이냐. 잘된 일인지, 못된 일인지 누가 알겠는가. (일이 뜻
대로 되지 않음)

'동안'은 '3시간 동안, 사흘 동안' 등과 같이 띄어 쓰는 것이 원칙
이나 '그동안' '오랫동안' '한동안'은 한 단어로 붙여 쓴다.
그동안 연락이 없어 무척 궁금했다.
그 여학생을 오랫동안 먼발치에서 혼자 좋아해 왔다.
무거운 침묵이 한동안 계속됐다.

'만'이 시간이나 '-동안'을 나타낼 때는 '하루 만에'처럼 띄어 쓰
지만 '오래간만에'와 준말인 '오랜만에'는 한 단어로 붙여 쓴다.
정말 오래간만에 비가 내렸다.
어제는 오랜만에 친구들을 만나 한잔했다.

'-커녕' '-는(은)커녕'은 띄어 쓰는 것으로 생각하기 쉬우나 모두

붙여 쓴다.

밥커녕 죽도 못 먹는다.

그 녀석 고마워하기는커녕 아는 체도 않더라.

'-ㄴ즉'은 '-ㄴ 즉'과 같이 띄어쓰기 쉬우나 보조사 또는 연결어미로 붙여 쓴다.

글씬즉 악필이다. / 이야긴즉 옳다. (보조사)

말씀인즉 지당하지만 그대로 하기는 어렵습니다. (연결어미)

쉽게 풀어 쓴 책인즉 이해하기가 쉬울 것이다. (연결어미)

'내 것' '네 것' '언니 것' 등 '것'은 일반적으로 띄어 쓰나 '이것' '저 것' '이것저것' '요것' '그것' '고것' '아무것' 등은 한 단어로 붙여 쓴다.

이것저것 다 해 봤지만 별수 없었다.

그것은 거기다 내려놓고 빈손으로 이리 오게.

그는 살아남기 위해 아무것이나 닥치는 대로 일했다.

'것을'의 준말인 '걸'은 띄어 쓰지만 추측이나 미련을 나타내는 '-걸'은 붙여 쓴다.

아직 멀쩡한 걸 왜 버리느냐? ('것을'의 준말)

그 친구는 내일 미국으로 떠날걸. (추측)

내가 잘못했다고 먼저 사과할걸. (미련)

'것이'의 준말인 '게'는 띄어 쓰지만 약속을 나타내는 '-ㄹ게'는 붙여 쓴다.

저기 보이는 게 우리 집이다. ('것이'의 준말)

내일 갈게. 다시 연락할게. (약속)

'중'은 '둘 중' '이 중' 등과 같이 띄어 쓰지만 '그중'은 한 단어로 붙여 쓴다.

책을 세 권 샀는데 그중에 한 권이 파본이다.

'달'은 '한 달' '두 달' '이번 달' 등과 같이 띄어 쓰지만 '그달' '이 달'은 한 단어로 붙여 쓴다.

그들은 3월 초에 처음 만나서 그달 말에 약혼했다.

이달 들어 기온이 급격히 올라갔다.

'이 같은'은 두 단어로 띄어 쓰고 '이같이'는 한 단어로 붙여 쓴다. 그러나 '똑같다'는 단어에서 나온 '똑같은'과 '똑같이'는 붙여 쓴다.

이 같은 일이 벌어지리라고는 아무도 알지 못했다.

선생님이 이같이 화를 내시는 모습을 본 적이 없었다.

매일 똑같은 생활을 되풀이하고 있다.

우리는 똑같이 졸업반이다.

'가지 않다' '먹지 않다' 등 '-지 않다'는 보통 두 단어로 띄어 쓰지만 '마지않다' '머지않다' '못지않다'는 한 단어로 붙여 쓴다.

그분은 내가 존경해 마지않는 분이다.

머지않아 좋은 소식이 올 것이다. ('멀지 않아'는 두 단어로 띄어 씀)

그는 화가 못지않게 그림을 잘 그린다.

'보잘것없다' '하잘것없다' '온데간데없다' '올데갈데없다' '얼토당토않다(얼토당토아니하다)'는 전체가 한 단어로 모두 붙여 쓴다.

보잘것없는 수입이지만 저는 이 일이 좋습니다.

하잘것없는 일로 형제끼리 다투어서야 되겠는가.

선거 때의 장밋빛 공약은 온데간데없다.

현대 핵가족 생활에서 노인은 올데갈데없다.

소문은 얼토당토않은 데서부터 시작됐다.

'-ㄹ 텐데' '-ㄹ 테야'는 한 단어로 생각하고 붙여 쓰기 쉬우나 '텐데'는 '터인데', '테야'는 '터이야'의 준말이므로 띄어 쓴다.

선생님이 아시면 크게 화내실 텐데. (← 화내실 터인데)

누가 뭐라고 하든 내 마음대로 할 테야. (← 할 터이야)

다음 단어들은 의미가 전성된 복합어(한 단어)로 붙여 쓴다.

새것·새집·새살림·새잎·새색시·새댁

큰돈·큰손·큰길·큰절·큰비·큰물·큰불·큰집·큰아버지·큰아들

작은방·작은창자·작은집·작은형·작은아들·작은마누라

지난날·지난주·지난달·지난해·지난봄·지난여름·지난겨울, 올여름·올겨울 등은 한 단어로 붙여 쓴다.

그녀와 보냈던 지난날의 추억을 잊을 수 없다.

월말 고사 성적이 지난달보다 올랐다.

지난겨울에는 유독 눈이 많이 내렸다.

올여름은 지난해보다 훨씬 덥다.

띄어쓰기와 관련해 재미있는 것은 '띄어쓰기'는 명사로 한 단어이지만 '띄어쓰다'란 동사는 따로 없기 때문에 두 단어로 '띄어 쓰다'로 해야 한다는 사실이다. 띄어쓰기의 어려움을 단적으로 보여 준다. 다음 문장에서처럼 띄었다 붙였다 해야 한다.

선생님께서 띄어쓰기도 맞춤법의 하나이므로 철저하게 지켜야 한다고 하시니 어렵더라도 제대로 띄어 쓰자.

제9장

어려운 한자어는 쉬운 말로 바꿔라

일반적으로 어려운 한자어를 쓰면 문장이 무겁고 딱딱해진다. 풍부한 어휘로 다양한 표현을 해야 하지만 쉬운 단어로 표현이 가능한데도 굳이 어려운 한자어를 사용해 글을 딱딱하게 만들 필요가 없다. 읽는 사람을 위한 배려에서도 쉬운 말로 풀어 쓰는 것이 바람직하다.

어쩔 수 없이 어려운 한자어를 쓰는 경우 뜻을 알기 어렵거나 혼동할 우려가 있을 때는 이해를 돕기 위해 한자를 병기해야 한다. 그러나 한자의 남용은 거부감을 줄 뿐 아니라 문장의 흐름을 방해하므로 꼭 필요한 경우에만 사용해야 한다. 맞지도 않은 한자를 사용하면 오히려 전체 글에 흠집을 내므로 확실하지 않은 한자는 아예 넣지 않는 게 낫다.

요즘은 한자어를 변형해 만든 말을 심심치 않게 볼 수 있다. 한자를 이용해 만든 억지스러운 조어나 사자성어를 변형한 말은 신문 제목이나 광고 등에서 유용하게 쓰이기도 한다. 하지만 이는 우리말의 언어 체계를 파괴할 우려가 큰 것이므로 자제하는 것이 바람직하다.

✎ 26

가능하면 쉬운 단어나
순우리말로

우리말에서 한자어가 몇 %나 될까? 우리말에서 한자어는 약 70%에 달한다고 한다. 한자어도 우리말의 일부분이므로 사용하지 않을 수 없다. 또한 풍부한 어휘력을 발휘하기 위해서는 한자 공부가 필요하다. 그러나 일반인이 읽는 글에서 지나치게 어려운 한자어를 사용하면 이해하기 힘들므로 쉬운 말로 바꿔 써야 한다.

서문에서도 얘기했듯이 요즘은 어렵다 싶으면 아예 읽지 않으므로 가급적 쉬운 단어를 찾아서 쓰는 것이 바람직하다. 어려운 한자어를 판단하는 기준은 사용빈도가 높으냐 낮으냐로 따지면 된다. 다소 어렵다고 생각되는 한자어는 누구나 이해할 수 있는 쉬운 말로 풀어 쓰고, 순우리말로 대체할 수 있는 것은 바꿔 쓰면 더욱 좋다.

수험생은 시험 날짜가 다가올수록 초조해지고 생체 리듬을 잃기 쉬우므로 평소 습관대로 최소 다섯 시간 정도의 숙면을 취해야 한다.
'숙면을 취하다'는 어려운 한자어보다 '깊은 잠을 자다'는 순우리말이 알기 쉽고, 글도 부드럽게 만든다.

✎ 수험생은 시험 날짜가 다가올수록 초조해지고 생체 리듬을 잃기 쉬우므로 평소 습관대로 최소 다섯 시간 정도 깊은 잠을 자야 한다.

여러 사람이 일어서서 대동소이한 내용을 중언부언 되풀이해 정말 따분한 시간이었다.

'대동소이'는 큰 차이 없이 거의 같다는 뜻이고, '중언부언'은 이미 한 말을 자꾸 되풀이한다는 뜻이다. 문장이 어렵고 딱딱하게 느껴지므로 쉬운 말로 풀어 쓰는 게 낫다.

✎ 여러 사람이 일어서서 거의 같은 얘기를 되풀이해 정말 따분한 시간이었다.

우리 회사를 단도직입적으로 설명하면 정보기술 분야의 벤처 기업이다.

'단도직입적으로'는 여러 말 늘어놓지 않고 바로 요점이나 본론으로 들어가는 것을 뜻하는 한자어다. 쉬운 말인 '한마디로'로 고쳐도 뜻이 잘 통한다.

✎ 우리 회사를 한마디로 설명하면 정보기술 분야의 벤처 기업이다.

협상팀은 마라톤 회의를 끝내고 나왔으나 일체의 언급을 회피하고 뿔뿔이 흩어졌다.

'일체의 언급을 회피하고'라는 한자어 표현보다 '아무 말도 하지 않고'라는 순우리말 표현이 쉽고 부드럽다.

✎ 협상팀은 마라톤 회의를 끝내고 나왔으나 아무 말도 하지 않고 뿔 뿔이 흩어졌다.

성실성은 확고부동한 자세를 견지하고 미래를 설계하는 주관을 형성 하는 중요한 요소다.

'확고부동한 자세를 견지하고'라는 표현이 어렵고 무거우므로 '확 고한 자세를 가지고' 또는 '꿋꿋한 자세를 가지고'로 쉽게 고치는 것이 낫다.

✎ 1. 성실성은 확고한 자세를 가지고 미래를 설계하는 주관을 형성하 는 중요한 요소다.

2. 성실성은 꿋꿋한 자세를 가지고 미래를 설계하는 주관을 형성하는 중요한 요소다.

그는 자신의 눈앞에서 벌어진 상황에 경악을 금치 못했다.

'경악을 금치 못했다'는 표현은 '놀라움을 금치 못했다' 또는 '깜 짝 놀랐다' '소스라치게 놀랐다' 등으로 해도 아무 문제가 없다.

✎ 1. 그는 자신의 눈앞에서 벌어진 상황에 놀라움을 금치 못했다.

2. 그는 자신의 눈앞에서 벌어진 상황에 깜짝 놀랐다.

피해 현장에 구호품과 건설 장비가 속속 도착함으로써 본격적인 복구 작업에 착수했다.

'착수했다'보다 "시작했다"는 말이 이해하기 쉽다.

✎ 피해 현장에 구호품과 건설 장비가 속속 도착함으로써 본격적인 복구 작업을 시작했다.

'동방의 등불'은 세계적인 시인인 타고르가 한국을 위해 지은 시로 우리나라를 이처럼 찬양한 시는 전무후무하다.

'전무후무하다'는 이전에도 없었고 앞으로도 없다는 뜻으로 문맥에 따라 적당히 '없다' '없었다' 등으로 고치면 된다.

✎ '동방의 등불'은 세계적인 시인인 타고르가 한국을 위해 지은 시로 우리나라를 이처럼 찬양한 시는 없었다.

노사는 이제 생산성 향상과 안정적 노사관계 구축으로 오늘의 위기를 극복하는 데 총력을 경주해야 한다.

'총력을 경주해야 한다'보다 '모든 힘을 쏟아야 한다'가 쉽고 부드럽다.

✎ 노사는 이제 생산성 향상과 안정적 노사관계 구축으로 오늘의 위기를 극복하는 데 모든 힘을 쏟아야 한다.

한국 축구는 또 한 번의 신화를 창조하기 위한 중차대한 시기를 맞이하고 있다.

사전에는 '중차대'가 중대함을 강조해 이르는 말이라고 돼 있으나 일본식 한자어다. '중차대하다'는 '매우 중요하다'로 바꿔 주면 된다.

✎ 한국 축구는 또 한 번의 신화를 창조하기 위한 매우 중요한 시기를 맞이하고 있다.

배식구와 퇴식구를 분리해 학생들에게 보다 넓고 쾌적한 식사 공간을 제공했다.

'배식구'는 밥(음식)을 내주는 구멍, '퇴식구'는 밥을 먹은 뒤 빈 그릇을 반납하는 구멍이란 뜻으로 간략한 용어이긴 하지만 쉽게 와 닿지 않는 어려운 한자어다. '밥 타는 곳' '식기 반납하는 곳'(또는 '식기 반납') 등으로 풀어 쓰는 것이 한글 세대에 어울리는 표현이다.

✎ 밥 타는 곳과 식기 반납하는 곳을 분리해 학생들에게 보다 넓고 쾌적한 식사 공간을 제공했다.

27

한자는 꼭 필요한 경우에만 병기

어려운 한자어를 항상 쉬운 말로 바꿔 쓸 수 있는 것은 아니다. 어쩔 수 없이 어려운 한자어나 전문용어를 사용하는 경우 한글만 가지고는 이해하기 어려우므로 한자를 병기해 줘야 한다. 한글 표기는 같으나 뜻이 다른 한자어가 나와 혼동할 우려가 있는 경우에도 한자를 병기해야 한다.

그러나 한자를 넣지 않아도 충분히 이해할 수 있는 단어에까지 한자를 병기하면 거부감이 들고 읽기 불편해진다. 더구나 틀린 한자를 집어넣어 글의 신뢰를 떨어뜨리는 경우가 종종 있으므로 꼭 필요하지 않으면 한자를 쓰지 않는 게 좋다.

단군 이래 최대 역사라는 고속철이 완공돼 역사적인 운행에 들어갔다. 용산역과 광명역에서 출발하며 이들 역사는 고속철을 위해 새로이 지어진 것이다.

이 경우 세 개의 '역사'는 한글 표기는 같으나 각각 뜻이 다른 단어다. 앞의 '역사'는 토목이나 건축 따위의 공사, 다음 '역사'는 인류 사회의 변천 과정, 마지막 '역사'는 역으로 쓰는 건물을 뜻한다. 혼동할 우려가 크므로 한자를 넣어 이해에 도움을 줘야 한다. 아예 쉬운 말로 고쳐 쓰면 더욱 좋다.

✎ 1. 단군 이래 최대 역사(役事)라는 고속철이 완공돼 역사적인 운행에 들어갔다. 용산역과 광명역에서 출발하며 이들 역사(驛舍)는 고속철을 위해 새로이 지어진 것이다.

2. 단군 이래 최대 공사라는 고속철이 완공돼 역사적인 운행에 들어갔다. 용산역과 광명역에서 출발하며 이들 역 건물은 고속철을 위해 새로이 지어진 것이다.

어느 정당이 친노 정당이고 어느 정당이 반노 정당인지 노동자들이 분명히 구분하게 될 것이다.

'친노' '반노'가 '친노동자' '반노동자'를 뜻한다는 것을 짐작할 수 있기는 하지만 한자를 넣어 이해를 돕는 것이 바람직하다.

✎ 어느 정당이 친노(親勞) 정당이고 어느 정당이 반노(反勞) 정당인지 노동자들이 분명히 구분하게 될 것이다.

남해안에 유행성 적조가 확산하고 있는 가운데 제주 연안에 중국 양자강에서 발생한 저염분수대가 밀려와 어민들에게 비상이 걸렸다.

'적조'나 '저염분수대'는 전문용어로 일반인이 알기 어려운 단어다. 이런 경우 한자를 병기하면 이해에 도움이 된다. '양자강'은 중국의 지명이므로 외래어 표기 원칙에 따라 발음 다음에 한자를 병기해야 한다.

✎ 남해안에 유행성 적조(赤潮)가 확산하고 있는 가운데 제주 연안에 중국 양쯔(揚子)강에서 발생한 저염분수대(低鹽分水帶)가 밀려와 어민들에게 비상이 걸렸다.

남녘에는 벌써 훈훈한 바람이 분다. 우수(雨水)가 지났어도 아직 쌀쌀하지만 조만간 동면(冬眠)에서 깨어난 우주(宇宙) 만물(萬物)이 기지개를 켜기 시작할 것이다. 제주에서 시작된 봄의 전령(傳令) 화신(花信)은 다도해(多島海)를 징검다리 삼아 남녘 땅에 발을 내디뎠다.

일반인을 대상으로 한 글에서 이처럼 한자를 많이 사용하면 거부감을 줄 뿐 아니라 읽기 불편하다. 한자가 없어도 이해하는 데 큰 어려움이 없는 문장이다. 이해를 돕기 위해 '우수'와 '화신'에만 한자를 넣어도 충분하다.

✎ 남녘에는 벌써 훈훈한 바람이 분다. 우수(雨水)가 지났어도 아직 쌀쌀하지만 조만간 동면에서 깨어난 우주 만물이 기지개를 켜기 시작할 것이다. 제주에서 시작된 봄의 전령 화신(花信)은 다도해를 징검다리 삼아 남녘 땅에 발을 내디뎠다.

대통령과 야당 총재의 영수회담(領袖會談)이 다시 추진되고 있다. 만날 때마다 상생(相生)의 정치와 초당적(超黨的) 협력을 입버릇처럼 되뇌었지만 자고 나면 그만이다.

'영수회담' '초당적' 등의 단어는 자주 접하는 것이기 때문에 한자를 넣을 필요가 없다. '상생'은 뜻을 확실하게 하기 위해 한자를 넣어도 된다.

✎ 대통령과 야당 총재의 영수회담이 다시 추진되고 있다. 만날 때마다 상생(相生)의 정치와 초당적 협력을 입버릇처럼 되뇌었지만 자고 나면 그만이다.

스페인의 고대민족인 이베리아 족의 제의로 시작된 투우는 18세기 오늘날과 같은 형태의 축제 겸 놀이로 자리 잡았다.

'제의'에는 의견을 내놓음을 뜻하는 '제의(提議)', 제사 의식을 뜻하는 '제의(祭儀)'등이 있다. 한글만 가지고는 의미가 쉽게 와 닿지 않고 혼동할 우려가 있으므로 한자를 넣어 줄 필요가 있다.

✎ 스페인의 고대민족인 이베리아 족의 제의(祭儀)로 시작된 투우는 18세기 오늘날과 같은 형태의 축제 겸 놀이로 자리 잡았다.

28

억지 조어를
사용하지 마라

한자는 뛰어난 조어력을 가지고 있다. 한자를 적당히 조합하면 그럭저럭 뜻이 통하는 새로운 말을 쉽게 만들어 낼 수 있다. 가끔 신문의 제목에서 상황을 묘사하는 데 쓰이며 광고에서도 한자 조어를 사용하는 것을 볼 수 있다.

한자 조어 자체가 문제라기보다 억지 조어가 문제다. 이상한 말을 만들어 내다 보니 우리말 체계를 파괴할 우려가 크다. 특히 한자에 대한 이해가 부족한 사람은 억지 조어를 정상적인 것으로 받아들일 수 있다.

실제로 논술 시험에서도 자기 나름의 조어를 사용해 글을 쓰는 학생이 있다고 한다. 채점자가 좋게 보아줄지는 생각해 볼 문제다. 신문이나 광고 등에서 억지 조어를 사용하는 것을 자제해야 하며 논술이나 일반 글에서는 절대 따라 할 필요가 없다.

'이번 상승장 믿어株?' '코리안 돌풍 女길 보세요' '40, 50대 성인 쇼핑몰愛 빠졌다' '떠도는 돈 경매路 몰린다' '선두 SK 성과급 富럽다' '유럽

후궁 문화 꽃피운 '性君' '카메라 3D게임 TV까지 多된다'

우리말의 언어 체계를 파괴할 우려가 큰 제목으로 한국신문윤리 위원회에서 경고를 받은 것이다. 장난기를 재치와 감각인 줄 착각 한 것으로 일반 글에서는 본받을 필요가 없다.

정리해고 '男存女悲', 주변이 '四面秋歌' 세 사람 '同床三夢'

신문제목에서 사자성어 남존여비(男尊女卑), 사면초가(四面楚 歌), 동상이몽(同床異夢)을 각각 변형해 사용한 것으로 이들 단 어의 사용에 혼란을 초래한다는 점에서 바람직하지 않다. 글을 쓰다 보면 이처럼 사자성어를 변형해 멋있는 말을 만들어 보고 싶은 유혹을 느낄 수 있으나 좋은 인상을 주기 힘들다.

水준이 다르다!

술 광고 문구에서 물이 다르다는 것을 이렇게 표현했다. '수준'의 한자는 '水準'으로 한자 표기를 하려면 두 글자 다 해야지 '水준' 처럼 한 글자만 한자로 쓸 수는 없다. 그리고 '수준'은 일정한 정도 를 나타내는 단어이지 물과는 크게 관계가 없다. 우리말 체계에 혼란을 주는 억지 조어다.

연골 生生-, 관절 쌩쌩

지하철 등에서 볼 수 있는 의약품 광고다. 힘이나 기운이 왕성하다 또는 생기가 있다는 뜻의 '생생'을 한자어로 생각하기 쉬우나 순우리말이다. 따라서 '生生'은 잘못된 표현이다. 뜻을 강하게 하기 위해 한자를 끌어다 사용했으나 이 역시 우리말 체계를 혼란시키는 일이다.

이 글에서는 긍정적인 측면은 논외(論外)로 하고 부정적인 측면만 논내(論內)로 하겠다.

논술 시험 답안에서 '논내'라는 표현이 간혹 나온다. '논외'가 있기 때문에 '논내'도 있을 것으로 생각하기 쉬우나 없는 말이다. 사전에 없는 말을 만들어 쓰지 않도록 주의해야 한다.

제10장

외래어 표기의 일반원칙을 알라

외국어(외래어)는 어떻게 표기해야 할까? 현지 발음을 그대로 옮겨 적으면 될까? 각국의 언어를 우리말로 옮겨 적는 것은 쉬운 일이 아니다. 신문사에서 기사를 다루면서 어려움을 겪는 것 가운데 하나도 바로 이 외래어 표기다. 우리말을 맞춤법에 맞게 적어야 하듯이 외래어도 표기법에 맞게 써야 한다. 외래어 표기에 대한 최소한의 이해도 없이 나름대로 현지 발음에 가깝게 적다 보면 우스꽝스러운 표기가 나오기도 한다.

외래어 표기법은 외국어 또는 외래어를 우리 글자로 어떻게 적을지를 규정해 놓은 것이다. 우리말의 발음 구조에 맞는 한국적 표기 방식을 정해 놓은 것이기 때문에 현실(현지) 발음과 차이가 나는 부분이 있다. 그러다 보니 불만을 제기하는 사람도 간혹 나온다.

일반인이 이 규정에 따라 외래어를 정확하게 표기하기는 어렵다. 그러나 외래어 표기의 기본 원칙을 어느 정도 알고 있으면 도움이 되므로 여기에서는 기억해야 할 몇 가지를 소개한다.

더불어 외래어는 꼭 필요한 경우에만 사용해야 한다는 점을 명심해야 한다. 외래어의 무분별한 사용으로 우리말과 글이 심각하게 오염돼 가고 있는 게 현실이다. 우리말로는 정확하게 의미를 전달하기 어려운 경우에만 써야지 외래어를 마구 사용해서는 좋은 평가를 받을 수 없다.

29

외래어 표기의
일반원칙

‖ 된소리(ㄲ,ㄸ,ㅃ,ㅆ,ㅉ)를 쓰지 않는 것을 원칙으로 하나 중국어 표기에는 'ㅆ,ㅉ'을, 일본어 표기에는 'ㅆ(ㄱ)'를 쓴다. 바꿔 얘기하면 중국어의 'ㅆ, ㅉ', 일본어의 'ㅆ(ㄱ)' 외에는 된소리를 쓰지 않는다.

광뚱 → 광둥	까레이스키 → 카레이스키
까페 → 카페	떼제베 → 테제베
르뽀 → 르포	빠떼르 → 파르테르
빠리 → 파리	삿뽀로 → 삿포로
싸이클 → 사이클	쌩큐 → 생큐
씨스템 → 시스템	에뻬 → 에페
짤츠부르크 → 잘츠부르크	

‖ 받침에는 'ㄱ,ㄴ,ㄹ,ㅁ,ㅂ,ㅅ,ㅇ'만 쓴다.

굳모닝 → 굿모닝	디스켙 → 디스켓
라켙 → 라켓	스크랲 → 스크랩
옾셑 → 오프셋	커피숖 → 커피숍

케잌 → 케이크

‖ 현지음을 원칙으로 한다. 즉 외래어는 외국에서 온 말이므로 가능한 한 현지 발음을 그대로 살려 원음에 가깝게 적는다.

나레이터 → 내레이터   나쇼날 → 내셔널

다이나마이트 → 다이너마이트   래디칼 → 래디컬

리오데자네이로 → 리우데자네이루   맘모스 → 매머드

산타바바라 → 샌타바버라   세느 → 센

영란(英蘭)은행 → 잉글랜드 은행   이태리(伊太利) → 이탈리아

칸느 → 칸

*영어식 발음은 현지음으로 바꿔 쓴다.

비엔나(영어) → 빈(오스트리아)

베니스(영어) → 베네치아(이탈리아)

사이프러스(영어) → 키프로스(지중해 동부의 공화국)

카탈로니아(영어) → 카탈루냐(에스파냐 북동부의 지명)

코카서스(영어) → 카프카스(흑해와 카스피해 사이에 있는 지역)

플랜더스(영어) → 플랑드르(프랑스 북서단부에서 벨기에 서부에 이르는 지방)

허큘리스(영어·유도탄) → 헤라클레스(그리스 신화에 나오는 영웅)

‖ 장모음의 장음은 따로 적지 않는다.

도오쿄(東京) → 도쿄

무우드(mood) → 무드

오오사카(大阪) → 오사카

티임(team) → 팀

루우트(route) → 루트

스키이(skee) → 스키

키이퍼(keeper) → 키퍼

‖ 중모음 '오우〔ou〕'는 '오'로 적는다.

레인보우(rainbow) → 레인보

스노우(snow) → 스노

옐로우(yellow) → 옐로

보우트(boat) → 보트

애로우(arrow) → 애로

윈도우(window) → 윈도

‖ 영어의 경우 어말의 '쉬〔ʃ〕'는 '시'로 적고, 자음 앞의 '쉬〔ʃ〕'는 '슈'로 적는다.

내쉬빌(Nashville) → 내슈빌

쉬림프(shrimp) → 슈림프

플래쉬(flash) → 플래시

쉬러브(shrub) → 슈러브

잉글리쉬(english) → 잉글리시

피쉬(fish) → 피시

‖ 어말의 '취〔tʃ〕'는 '치'로 적는다.

스위취(switch) → 스위치

티취(teach) → 티치

캐취(catch) → 캐치

패취(patch) → 패치

‖ 'ㅈ,ㅊ' 발음이 모음 앞에서 '쟈, 져, 쥬, 챠, 츄'로 될 때는 '자, 저, 주, 차, 추'로 적는다.

비젼(vision) → 비전   스케쥴(schesule) → 스케줄

쥬스(juice) → 주스   챠지(charge) → 차지

챠트(chart) → 차트   츄잉(chewing) → 추잉

‖ 약어는 우리말 풀이 다음 괄호 안에 넣는다.

경제협력개발기구(OECD)   국내총생산(GDP)

국민총생산(GNP)   국제올림픽위원회(IOC)

미 연방수사국(FBI)   미 중앙정보국(CIA)

석유수출국기구(OPEC)   아시아·태평양경제협력체(APEC)

유럽연합(EU)   유전자변형식품(GMO)

약어는 문장에서 처음 나올 때 위의 형태로 표기하고 뒤에서는 OPEC, EU, CIA 등으로 받는다.

유럽연합(EU) 집행위원회는 지난해 마련된 유전자변형식품(GMO) 관련 규정을 이행하지 않고 있는 11개 회원국 정부를 유럽사법재판소에 제소키로 했다고 15일 발표했다. EU 집행위가 제소키로 결정한 국가들은 GMO 승인을 5년간 유예하는 조치를 철폐하지 않고 있어 결과적으로 GMO에 대한 환경실험과 라벨 표시를 시행토록 규정한 해당 법률을 위반하고 있다.

단 약어 발음이 우리말로 굳은 것은 로마자 표기를 하지 않아도
된다.

유엔   에이즈

동남아국가연합(아세안)   유엔아동기금(유니세프)

북대서양조약기구(나토)

‖ 예외를 인정하는 것이 있다.

이러한 원칙에도 불구하고 예외가 많다. 이미 굳어져 널리 쓰이는
것은 관용으로 인정하거나 잘못된 표기일지라도 상호·상품명은
고유명사로 취급해 인정하다 보니 혼란스러운 점이 있다.

이미 굳어져 관용으로 인정하는 것

레이디오(radio) → 라디오   마들(model) → 모델

바이애그러(Viagra) → 비아그라   바이터민(vitamin) → 비타민

캐머러(camera) → 카메라

된소리를 쓰지 않는 것을 원칙으로 하나 중국어의 '쓰, 쯔', 일본
어의 '쓰(つ)'는 예외

마오쩌둥, 미쓰비시, 쓰나미, 쓰시마, 쓰촨성, 자오쯔양

된소리를 쓰지 않는 것을 원칙으로 하나 베트남·태국·말레이인

도네시아어에도 예외를 적용(2004년 개정)

나트랑 → 냐짱   파통 → 빠똥

푸켓 → 푸껫   호치민 → 호찌민

한국의 상호·상품명을 고유명사로 인정하는 것들

구치 → 구찌   니나리치 → 니나리찌

맥도널드 → 맥도날드   모터롤러 → 모토로라

바이에르 → 바이엘   소나타 → 쏘나타(자동차 이름)

시티은행 → 씨티은행   파이저 → 화이자

'베네치아'가 표기 원칙이나 '베니스 영화제' '베니스 비엔날레'는 관용으로 인정

영어식의 '필로폰' '파친코'를 일본음인 '히로뽕' '빠찡꼬'로도 수용

30 외국의 인명·지명 표기 요약

‖ **한자권 외국의 인명 표기는 다음을 따른다.**

중국 인명은 과거인과 현대인을 구분(1911년 신해혁명 기준)해 과거인은 우리식 한자음대로 표기하고, 현대인은 원음을 따라 표기하되 처음에 한해 한자를 괄호 속에 병기한다.

과거인 : 공자(孔子), 노자(老子), 제갈량(諸葛亮)

현대인 : 덩샤오핑(鄧小平), 저우언라이(周恩來), 주룽지(朱鎔基)

일본 인명은 과거와 현대 구분 없이 원음을 따라 표기하는 것을 원칙으로 하되 처음에 한해 한자를 괄호 속에 병기한다.

가토 기요마사(加藤淸正)　　　고이즈미 준이치로(小泉純一郎)

후쿠다 야스오(福田康夫)

‖ **기타 외국 인명은 원음만 적고 로마자를 병기하지 않는 것을 원칙으로 한다.**

미하일 고르바초프, 사담 후세인, 조지 W 부시, 토니 블레어

단 널리 알려지지 않은 인물이나 노벨상 수상자 소개 등 필요할 경우 괄호 속에 로마자를 병기할 수 있다.

월레 소잉카(Wole Soyinka) : 1986년 노벨 문학상 수상자

대니얼 카너먼(Daniel Kahneman) : 2002년 노벨 경제학상 수상자

‖ 한자권 외국의 지명은 원음을 따르되 처음에 한해 괄호 속에 한자를 병기한다.

베이징(北京), 상하이(上海), 도쿄(東京), 교토(京都), 타이베이(臺北)

‖ 기타 외국의 지명은 원음을 따라 적고 로마자는 병기하지 않는 것을 원칙으로 한다.

워싱턴, 로마, 런던, 밴쿠버, 취리히, 카이로, 바그다드

단 고유명사의 번역명이 통용되는 경우나 관용되고 있는 지명은 이를 허용한다.

태평양(← Pacific Ocean), 흑해(← Black Sea), 남미(← 南America)

‖ 제목에서 관용되고 있는 국명 표기를 허용한다.

그리스(希)	네덜란드(和)	오스트리아(墺)	이집트(埃)
이탈리아(伊)	캐나다(加)	포르투갈(葡)	폴란드(波)

‖ 원어에서 띄어 쓴 말은 띄어 쓴 대로 한글 표기를 하되 붙여 쓸 수도 있다(그러나 일반적으로 한 단어로 취급해 붙여 쓰는 쪽을 따르고 있음).

Buenos Aires 부에노스 아이레스 / 부에노스아이레스

Los Angeles 로스 앤젤레스 / 로스앤젤레스

mass media 매스 미디어 / 매스미디어

Salt Lake City 솔트 레이크 시티 / 솔트레이크시티

top class 톱 클래스 / 톱클래스

외래어를
남용하지 마라

✎ <u>31</u>

  습관적으로 외래어를 많이 쓰는 사람이 있다. 전문 용어 등 불가피한 경우야 어쩔 수 없지만 외래어를 사용하는 것이 마치 격조를 높이는 일로 생각하는 것은 문제다. 특히 패션과 관련한 글에서 외래어 남용이 두드러지게 나타난다. 정책용어에서도 외래어를 쓰는 경우가 많다. 우리말로 대체해도 의미를 전달하는 데어려움이 없는 외래어는 바꿔 쓰는 것이 바람직하다.

다이어트 → 식이 요법, 덜 먹기   다이내믹 → 활기 넘치는

데카당 → 퇴폐적   모던 → 현대적

밀리터리 룩 → 군대풍의 차림   바우처 → 이용권

바캉스 → 휴가(여름휴가가 아니라 단순 휴가를 뜻함)

빠른 스타트 → 빠른 출발   스마트 → 똑똑한

센티멘털 → 감상적   싱어송라이터 → 가수 겸 작곡가

엘레강스 → 우아함, 고상함   전담 파트 → 전담 부서, 전담 부문

콤비네이션 → 조합   클래식 → 고전적

트렌드 → 경향, 추세　　　　파워풀한 배팅 → 힘찬 배팅

판단 미스 → 판단 착오　　　팬태스틱 → 환상적

필수 아이템 → 필수 항목　　하모니 → 조화

‖ 외래어 남용의 예

블랙 앤드 화이트-. 디럭스한 컬러의 하모니 속에서나 매혹적인 프린트의 아이템들 앞에서도 종종 우리의 선택은 가장 안전한 이 두 컬러에로 돌아갔다. 올봄 컬렉션에서 보여 준 두 컬러의 트렌드는 그 퍼펙트하고 베이직한 콤비네이션이 여전히 최고라는 사실을 확인시켜 준다. 우리나라의 내셔널 브랜드 디자이너들이 보여준 스트라이프나 체크 무늬도 산뜻하다. 모던하면서 다이내믹한 기하학적 무늬가 마음을 사로잡는다. 영원한 패션의 스테디셀러를 꼽으라면 오늘도 우리는 클래식한 블랙 앤드 화이트를 주저 없이 선택해야 할 것 같다.

제 2 부

우리말 칼럼

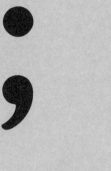

문장력은 올바른 우리말을 구사하는 것에서부터 시작된다. 우리말을 제대로 알지 못하면서 좋은 글을 쓴다는 것은 산수를 모르면서 수학을 하겠다는 것이나 마찬가지다. 완전한 문장력을 구사하기 위해서는 정확한 어휘와 올바른 표현을 사용해야 한다. 요즘 인터넷 언어니 문자 언어니 해서 우리말이 파괴되고 있고 기형적 어투와 외국어식 표현이 난무하고 있다.

01

"5만 원이세요."

　"5만 원이세요-.""10만 원이세요-."

　요즘 백화점이나 할인마트 등 계산대의 점원들이 손님에게 하는 말이다. 과거에는 이런 말을 별로 들어 본 적이 없으나 근래들어 부쩍 늘었다. "5만 원입니다""10만 원입니다"고 하던 것을 더욱 정중하게 표현한다는 의도로 이런 말을 사용하는 것으로 보인다. 과연 이 말이 손님을 더욱 존대하는 표현일까.

　'-세요' 자체는 존대를 나타내는 말로 쓰이는 것이 맞다. "우리 어머님이세요""저희 선생님이세요""우리 부장님이세요" 등과 같이 사용된다. 이때 존대의 대상은 사람이어야 한다. 사물이 존대의 대상이 될 수는 없다. 만약 "이것은 제 노트북이세요""저쪽에 있는 것이 제 책상이세요"라고 한다면 얼마나 웃기는 말인가. TV 프로 '미수다'에서나 나올 법한 표현이다.

　'-세요' 앞에 사람이 아닌 다른 것이 오는 경우도 있으나 이때는 의문이나 명령을 나타낸다. "갑자기 웬일이세요?""벌써 가세요?" 등에서는 의문을, "어서 가세요""계속 말씀하세요" 등에서는 명령을 나타내는 말로 쓰인다. 따라서 "5만 원이세요"는 '5만 원'이 사람이어서 '-이다'의 높임말로 쓰이거나 의문 또는 명령을 나타내는 말로 사용되는 경우에만 가능하다.

결국 "5만 원이세요" "10만 원이세요"처럼 돈에다 '-세요'를 붙이는 것은 손님이 아니라 돈을 존대하는 기형적 어투다. 고객을 존중하기는커녕 사실은 돈이나 사물을 높여 손님을 놀리는 듯한 표현이다. 점원들이 너나없이 이런 말을 쓰고 있으니 '-세요'란 우스꽝스러운 바이러스에 감염된 꼴이다. 그냥 "5만 원입니다" "10만 원입니다"고 해야 한다. 설마 우리 백화점이나 마트가 손님보다 돈을 더 존경하기 때문에 이런 말을 쓰는 건 분명 아닐 것이다.

02

오빠 빨리
낳으세요(?)

얼마 전 유명 남성 그룹의 한 멤버가 연습 중 발목을 다치는 일이 발생했다. 인기만큼이나 그의 SNS에는 여성 팬들의 댓글이 넘쳐 났다. "오빠 빨리 낳으세요. 대신 아파 주고 싶은데 방법이 없네요." "오빠가 아프면 우리도 아파요. 빨리 낳아야 돼요." "오빠 빨리 낳아서 좋은 모습으로 봬요."

모두가 빨리 나아서 무대로 돌아오기를 바라는 간절한 마음을 담고 있다. 그런데 어찌 된 영문인지 회복을 바라는 표현에는 '낳으세요'가 적지 않게 나온다. '낳으세요'라면 아기를 낳으라는 얘기다. 발목을 다친 사람에게 빨리 아기를 낳으라고 다그치는 격이 돼 버렸다.

'낳으세요'는 '낳다'의 어간 '낳'에 공손한 요청을 나타내는 '-으세요'가 붙은 형태다. '낳다'는 배 속의 아이를 몸 밖으로 내놓는 행위, 즉 출산을 의미한다. 따라서 '빨리 낳으세요'는 아기를 빨리 출산하라는 얘기가 된다.

병이나 상처가 원래대로 회복되는 것은 '낳다'가 아니라 '낫다'

다. '낫다'는 '나아, 나으니, 낫는' 등으로 활용된다. '-으세요'라는 어미가 붙을 때는 'ㅅ'이 탈락해 '나으세요'가 된다. 따라서 오빠가 빨리 회복되기를 바란다면 '빨리 나으세요'라고 해야 한다. 간혹 '낫으세요'라고 쓰는 사람도 있는데 이 역시 잘못된 말이다.

한번은 유명 여가수가 자신의 트위터에 "사장님 허리 빨리 낳으세요"라는 글을 올린 것이 화제가 되기도 했다. "낳으세요? '나으세요' 아닐까요? 언니 사장님이 여자? 순산을 기대하시는 건가? '나으세요'인 거 같은데 얼른 수정하세요~"라는 다른 사람의 지적에 아차 하고 고친 일이 있었다.

물론 '나으세요'를 '낳으세요'로 쓰는 건 단순한 실수라고 볼 수 있다. 그러나 이런 실수가 너무 많은 게 문제다. 요즘은 문자나 SNS를 통해 주고받는 글 속에서 그 사람의 표현을 보며 수준을 가늠하기도 한다. '낳으세요'와 같은 실수가 자주 나온다면 그 사람의 지적 수준이 의심받을 수도 있다.

'생선' '생파'가
뭔 말이여?

03

학교에서 돌아온 아이가 책가방을 내려놓자마자 "엄마, 생선 사야 돼. 돈 좀 주세요"라고 했다. "생선-, 생선은 왜. 생선으로 뭘 하게." "생파에 가야 돼요." "뭐. 생파-." 무슨 말인지 몰라 멍하니 생각하던 엄마는 한참이 지나서야 '생선'과 '생파'가 '생일선물'과 '생일파티'를 의미한다는 것을 알아차렸다. 처음에는 '생선'이 학교에서 내준 무슨 과제물인가 생각했다.

신세대들이 쓰는 말 중에 어른들이 알아듣지 못하는 것은 이 뿐이 아니다. 레알(정말로, 진짜), 마상(마음의 상처), 솔까말(솔직히 까놓고 말해서), 말잇못(말을 잇지 못하다), 고싱싱(가자, 출발), 넘사벽(넘을 수 없는 벽), 뻐정(버스정류장), 듣보잡(듣도 보도 못한 잡놈), 비호감(호감의 반대말), 갈비(갈수록 비호감), 반띵(반으로 가름), 훈남(가슴이 훈훈한 남자), 완소남(완전 소중한 남자), 출첵(출석체크), 썩소(썩은 미소), 살소(살인 미소) 등 이루 말할 수 없이 많다. 친구 사이에서 주로 사용하는 말로, 대부분 인터넷에서 사용하던 신조어가 실제 언어생활에서도 나타나는 것들이다. '열라' '절라' '졸라' 등과 어울려 쓰이기 일쑤다.

인터넷상에서 사용하는 줄임말이나 신조어는 일일이 열거하기도 어렵다. 로긴(로그인), 아뒤(아이디), 비번(비밀번호), 자삭(자동 삭제), 채금(채팅 금지), 친추(친구로 추가), 포샵(포토샵), 지대(제대로), (캐)안습(안구에 습기가 찬다, 즉 눈물이 난다는 뜻), 완소(완전 소중), 갠소(개인 소장), 므흣(야릇한 감정상태), 아놔(짜증을 나타내는 감탄사), 넘넘(너무 너무), 샹훼(사랑해)……. 'ㅎㅎ'(히히), 'ㄱㅅ'(감사), 'ㅈㅅ'(죄송) 등 자음만으로 이루어진 것도 적지 않다.

여친, 남친, 얼짱, 쌩얼(맨 얼굴), 악플 등은 이미 언론에서도 그대로 사용할 정도로 누구에게나 익숙한 것이다. 이들 역시 출발지는 대부분 인터넷이다. 속도를 중시하는 인터넷의 특성상 줄임말이 끊임없이 만들어지고 있다. 휴대전화 문자 메시지도 큰 몫을 하고 있다. 긴 단어를 용인하지 못하고 사물이나 감정 등을 이처럼 두 글자로만 표현하는 사람들을 '투글족'이라 부르기도 한다.

빠른 의사전달을 우선하는 인터넷상이나 문자메시지에서 줄임말이 사용되는 것을 무턱대고 나쁘다고만 할 수는 없다. 그러나 '생선' '생파'에서 보듯 실생활에서 그대로 사용됨으로써 의사소통에 어려움을 가져온다면 문제가 아닐 수 없다. 이런 말들은 본질적으로 우리말 파괴를 수반하기도 한다. 기형적 언어의 양산을 막고 의사소통 장애를 방지하기 위해서는 온라인과 오프라인을 철저하게 구분하는 자세와 올바른 우리말 교육이 더욱 필요하다.

04

'도우미'가
미워!

'도우미'가 처음 등장한 것은 1993년 대전 엑스포에서다. 손님을 안내하고 행사 진행을 돕는 여성을 가리키는 말로 쓰였다. 이전에도 이런 형태가 있었겠지만 '도우미'라는 이름이 붙은 것은 이때가 처음이다. 이후 도우미는 각종 행사장에서 손님을 안내하고 진행을 돕거나 양로원에서 노인을 수발하는 등 남에게 도움을 주는 사람을 지칭하는 말로 자리 잡았다.

'도우미'는 '도움'에 사람·사물·일 등의 뜻을 더하는 접미사 '-이'가 붙어 이루어진 '도움이'를 연음(이은소리) 처리한 형태다. 대전 엑스포 당시 주최 측은 '도우미'가 '돕다'의 '도', '우아하다'의 '우', '미인'의 '미'에서 따온 말이라고 밝혔지만 지금 그렇게 받아들이는 사람은 없다. '도우미' 하면 도움을 주는 사람으로, '도움+이'를 소리 나는 대로 적은 것으로 인식할 뿐이다.

'행사 도우미'처럼 도움을 주는 사람이란 뜻으로 쓰이려면 '도우미'가 아니라 '도움이'가 돼야 한다. '때밀이, 젖먹이, 멍청이, 똑똑이, 뚱뚱이'와 같이 접미사 '-이'가 붙어 있는 형태여야 한다.

경위야 어찌됐건 '도우미'는 이제 사전에도 올라 있는 말이다. '산후 도우미' '가사 도우미' '경로 도우미' '이사 도우미' 등처럼 각 분야에서 '○○ 도우미'란 형태로 두루 쓰이고 있다. '길도우미'(내비게이션), '노래방 도우미'도 있다.

'도우미'가 이렇게 자리를 잡으면서 이후 많은 문제가 발생한다. 유사한 형태의 말이 마구 생겨 나면서 조어법이 무너진다. '노인 돌보미'(보건복지부), '아이 돌보미'(여성가족부)처럼 '돌보미'라는 말이 새로 생겼다. '알려 주는 사람(것)'이란 뜻의 '알리미', 지켜 주는 사람(것)이란 뜻의 '지키미'도 쓰이고 있다. '배우미' '비추미'라는 것도 있다. 최근에는 남산을 오르는 엘리베이터 이름을 '남산오르미'라고 붙였다. 각각 '돌봄이' '알림이' '지킴이' '배움이' '비춤이' '오름이'가 정상적인 표현이다.

'도우미'처럼 'ㅁ' 받침과 '이'를 연음 처리해 '-미'가 된 이들 용어는 우리말 체계를 파괴하고 언어 사용에 혼란을 준다. 특히 아이들이 헷갈릴 염려가 다분하다. 이런 식이라면 '어린이'도 '어리니'로 적어야 한다. 모두가 애초에 잘못 만들어진 '도우미' 탓이다. '도우미'야 이제 와서 어쩔 수 없다 하더라도 '돌보미' '알리미' '지키미' '오르미' 등 이후에 생겨난 말들은 원상회복시켜야 한다.

'그녀'는
아름답지 않다

05

'그녀'라는 말은 어떻게 생겨났을까. 일찍이 서양 문학을 접한 일본 문인들은 영어의 'she'를 번역하는 말로 '가노조(彼女)'라는 단어를 만들어 낸다. '그 남자'에 해당하는 '가레(彼)'에 '여자'를 뜻하는 '녀(女)'를 붙인 것이다. 그렇게 해서 'he'는 '피(彼)', 'she'는 '피녀(彼女)'로 번역했다.

1920년대 일본에 유학하던 김동인은 우리말에도 영어의 'she'에 해당하는 여성 대명사가 없음을 아쉬워하다 일본의 '彼女'를 본떠 '그녀'라는 말을 만들어 낸다. 이리하여 자신의 소설에서 '그녀'를 즐겨 사용했고 다른 문인들도 따라 쓰게 된다. 50년대에 이르면 흔히 사용된다.

그러나 이를 두고 이후 여러 차례 논란이 인다. 그 바탕에는 우리말에선 남녀를 구분하지 않고 '그'를 쓰기 때문에 '그녀'가 필요 없다는 인식이 깔려 있다. '그녀'는 또 '우리말(그)+한자어(女)'로, 이렇게 결합하는 경우가 거의 없다는 점이 걸림돌이다. '그대, 그이, 그분, 그네(들), 그놈, 그년, 그치' 등 '그'는 순우리말과 결합한다. '그남(그男)'을 가정해 보면 '그녀'가 얼마나 어설픈지 알 수 있다.

이러다 보니 '그녀'에 반대하는 문인이나 학자들은 대체할 수 있는 말을 저마다 내놓았다. '어미, 할미, 아지미'의 '미'를 딴 '그미', '아지매, 엄매, 할매'의 '매'를 딴 '그매', '언니, 어머니, 할머니'의 '니'를 딴 '그니'에서부터 '그이' '그히' '그냐' '그네' '그년'에 이르기까지 다양하다. 이들이 일반적으로 쓰이지는 않고 있으나 '그녀'의 문제점을 여실히 보여 주고 있다.

물론 '그녀'에 대해 크게 이의를 달 필요가 없다는 사람도 있다. 세월은 흘러 더욱 굳건히 자리를 잡았다. 이제 와서 사용하지 않을 순 없지만 남용하지는 말아야 한다. 여자임이 드러난 글에서는 '그'로 써도 무방하다. '그 여자'로 써도 되고, '계집애, 소녀, 처녀, 아주머니, 여인, 부인, 여사' 등 상황에 따라 사용할 수 있는 말이 많다. 특히 여성단체에서도 이 말이 차별적인 용어라며 문제를 제기하고 있다.

말할 때 '그녀'라 부르는 사람은 없다. '그녀는'을 발음하면 '그년은'으로 들리기도 한다. '그녀'에 얽매일 필요가 없다. '그녀'는 아름답지 않다.

'개맛있다'보다 맛있는 '핵맛있다'

얼마 전 TV를 보다 나도 모르게 웃음이 나왔다. "핵맛있다"는 말 때문이었다. 한국인도 아니고 외국인 여성의 입에서 나온 말이었다. 한국말을 제법 하는 외국인 여성이 한국 음식점을 찾아가 소개하는 프로그램이었는데 그 집 음식을 맛보더니 첫마디가 "핵맛있다"였다. 아마도 한국에서 또래의 젊은이들과 어울리면서 이 말을 배운 것 같았다.

이처럼 요즘 젊은이들 사이에서 많이 쓰는 말이 '핵'이 들어간 단어다. '핵맛있다' '핵재밌다' '핵좋다' '핵졸리다' '핵짜증' 등이 있다. '정말' '진짜' '엄청' 등 강조하는 말 대신 '핵'이란 접두사를 사용한다.

'핵'이 사용되기 이전에는 '개-'가 많이 쓰였다. '개좋다' '개이쁘다' '개많다' '개이득' 등과 같은 말이다. 물론 젊은이들 사이에서는 이들 '개-'가 붙은 말이 지금도 두루 쓰이고 있다. 이제 '개-'에서 한 발 더 나아가 '핵-'이다.

엄청 매운 짬뽕은 '핵짬뽕'이라 부른다. 연예인들이 '핵짬뽕'에

도전하는 이야기가 TV에서 나오기도 했다. 인터넷에는 어디어디 '핵짬뽕' 도전기라는 일반인의 글도 많이 올라오고 있다. '핵라면' 도 있다. 역시 눈물 나게 매운 라면이다. 요즘은 한류 열풍을 타고 '핵불닭면' 먹기 챌린지가 해외에서도 유행하고 있다고 한다.

'핵-'이란 말이 유행하다 보니 '노답' '개노답'에 이어 '핵노답' 이란 말이 생겼다. '꿀잼'(정말 재미있다)은 '핵꿀잼'이 됐다. 더욱 강력하게 다가온다. 물론 '열라 맛있다' '졸라 맛있다' '개맛있다'보다는 '핵맛있다'가 욕 같은 느낌이 덜해 낫다는 사람이 있을지 모르겠다. 그러나 '핵'이 주는 무시무시함이 연상돼 이전보다 더욱 거칠고 자극적인 느낌으로 다가온다.

폴란드의 소설가 미콜라이 레이는 "말은 마음의 초상"이라고 했다. 청소년들의 말이 더욱 거칠고 자극적으로 변한다면 혹여나 그들의 정서나 정신마저 그렇게 돼 가는 것은 아닌지 걱정이 들지 않을 수 없다. '정말 맛있다' '진짜 맛있다' '엄청 맛있다' 등 정상적으로 표현해도 맛의 정도를 충분히 나타낼 수 있다. 특히 방송에서 '핵맛있다'와 같은 유행어를 여과없이 내보내는 것을 자제하는 것이 바람직하다. 연예인들이 이런 말을 사용하는 것을 보여준다면 청소년들에게 그것을 부추기는 결과를 낳을 수도 있다.

'조조할인'에
장비 화나다

✎ 07

유비와 관우, 장비가 모처럼 시간을 내 아침 일찍 극장에 갔다. 장비에게 표를 사 오라고 시켰더니 잠시 뒤 매표소에서 난리가 났다. 표를 사러 간 장비가 매표소를 때려 부수기 시작했다. 유비와 관우가 급히 달려가 말리면서 무슨 일이냐고 물었더니 장비가 말했다. "글쎄 조조에게만 할인이 된다고 붙어 있잖아요." 조조할인(早朝割引)―. 원수 같은 조조에게만 할인이 된다니 성질 급한 장비로서는 매표소를 때려 부술 만도 했다.

우스갯소리지만 이 말 속에는 '조조(早朝)'가 선뜻 다가오지 않는 어려운 용어라는 의미도 담겨 있다. '조조'는 '이를 조(早)'와 '아침 조(朝)'가 결합한 단어로 '이른 아침'을 뜻한다. 따라서 '조조할인'은 이른 아침(보통 첫 회)에 요금을 깎아 주는 것을 가리킨다. '이른 아침'을 뜻하는 이 '조조'는 '조조할인'이 아니면 요즘은 거의 쓰이는 일이 없는 한자어이기 때문에 누구에게나 어렵게 다가올 수밖에 없다.

우리와 달리 '조조(早朝)'는 일본에선 흔히 사용되고 있다. '조조'는 이미 우리에게도 있어 온 단어라 일본식 한자어는 아니지만 '조조할인'에서처럼 두루 쓰이고 있는 '할인(割引)'은 일본식 한자어다. 원래 우리나라에선 사용되지 않던 말로 일제와 함께 이 땅에 들어온 것이다. 순우리말로는 '덜이'나 '에누리'가 있지만 '할인'이 워낙 널리 쓰이고 있어 이제 와서 아주 없애고 다른 말로 바꿔 쓰기도 뭣하다.

'조조'와 함께 '조조할인'이란 말이 일본에서도 많이 쓰이고 있는 것을 보면 '조조할인'은 한 묶음의 단어로 일본에서 들어온 것으로 판단된다. 세월이 흐르면서 우리나라에서도 '조조할인'이란 말이 자리 잡았다. 노래나 영화 제목에도 등장하듯이 젊은 날의 추억이 배어 있는 단어이기도 하다. 요즘은 백화점이나 홈쇼핑에서도 이 말이 쓰이고 있다. 하지만 '조조할인'은 무엇보다 지나치게 어렵다는 것이 문제다.

'조조할인'을 보고 삼국지 속의 조조를 떠올리는 사람이 장비만이 아닐 수도 있다. '이른 아침 깎아주기' '이른 아침 덜이', 길다면 그냥 '아침 덜이' '아침 에누리' 등 누구나 이해할 수 있는 쉬운 말로 바꾸는 것이 좋겠다. 마땅치 않다면 '아침 할인'도 차선책으로 하나의 대안이 될 수 있다.

'처녀출전'은 있는데
'총각출전'은 없나요?

주로 스포츠에서 많이 쓰이는 용어로 '처녀출전'이라는 것이 있다. 처녀출전이 있으면 당연히 '총각출전'이 있어야 한다. 스포츠는 처녀들만 하는 것이 아니다. 총각들도 스포츠를 한다. 그러나 참 희한한 게 총각출전이라는 말은 한 번도 들어보질 못했다.

물론 웃자고 한 말이다. '처녀출전'이라는 것이 처녀들이 출전했다고 해서 부르는 말이 아니기 때문이다. 처음으로 출전한 것을 일컫는 말이다. '처녀'는 원래 결혼하지 않은 성년 여자, 구체적으로는 성적 경험이 없는 여자를 가리키는 말이다. 순수하고 깨끗하다는 의미에서 '처녀'란 말이 '처음' 또는 '첫'이라는 뜻으로 '출전'과 결합해 '처녀출전'이 된 것으로 보인다.

이처럼 '처녀'와 결합한 말로는 '처녀작' '처녀우승' '처녀비행' '처녀항해' 등 많다. 이런 조어가 만들어진 것은 영어 때문이라고 보는 사람이 있다. 처녀림(virgin forest), 처녀비행(maiden flight), 처녀항해(maiden voyage), 처녀연설(maiden speech) 등이 영어에 있는 표현이다. '처녀'를 뜻하는 영어 'virgin' 또는 'maiden'이 들어간 말이다. 이들을 번역하면서 접하게 된 표현들이 우리말에도 적용되면서 '처녀출전' '처녀우승'과 같은 말이 만들어지지 않았을까 하는 견해다.

어쨌거나 '처음'이란 뜻으로 굳이 '처녀-'라는 말을 써야 하는지 의문이다. 여성의 성적·신체적인 면을 이용한 이런 표현이 남성 중심적 사상에서 나온 것이 아닌가 하는 점에서다. 한마디로 성 차별적인 표현이다. '처음 출전' '첫 우승' '최초 비행' 등처럼 객관적이고 중립적인 표현인 '처음, 첫, 최초'를 사용해도 의미를 전달하는 데 아무 문제가 없다.

✎ 09

한자 가지고
장난치지 마라

'멋지君, 야한 girl, ○○ 속에 多있다' "○○주에 美치다" "水준이 다르다"-. 최근 지하철을 타고 다니다 본 광고다. 톡톡 튀는 아이디어로 신세대의 감각에 호소하는 듯한 광고 문구다. 기발한 착상에 감탄사가 절로 나올 정도다. 광고의 목적이 우선 보는 사람의 주목을 끄는 데 있다면 일단 성공적인 광고로 보인다. 그러나 이런 억지 조어는 우리말을 왜곡하고 언어 체계를 파괴하는 행위로 역기능이 적지 않다.

우리말 어휘의 약 70%가 한자어라고 한다. 우리말과 한자는 불가분의 관계를 가지고 있다. 우리말 단어를 정확하게 이해하고 적절하게 활용하기 위해서는 한자를 어느 정도 알고 있어야 한다. 한자를 모르면 어휘력이 제한될 수밖에 없으므로 글을 이해하고 쓰는 데도 지장을 받는다. 한자를 공부하고 또 때에 따라서는 한자를 써야 하는 이유다. 한자를 쓰는 경우 뜻과 용도에 맞게 사용해야 한다는 것은 두말할 나위가 없다.

한자는 뛰어난 조어력을 가지고 있다. 한자를 적당히 조합하면 그럭저럭 뜻이 통하는 새로운 말을 쉽게 만들어 낼 수 있다. 국제통화기금(IMF) 사태, 즉 외환위기를 '환란(換亂)'으로 간명하게 표기해 일반화한 것이 좋은 예다. 이처럼 새로운 개념을 담아내거나 더욱 간결한 말을 만드는 경우 한자 조어는 유용한 측면이 있다. 그러나 위에서와 같이 광고 문구나 신문 제목 등에서 가끔 보이는 억지 조어는 우리말 파괴로 이어진다는 점에서 문제가 있다.

"정리해고 男存女悲" "세사람 同床三夢" "이번 상승장 믿어 株?" "코리안 돌풍 女길 보세요" "40, 50대 인터넷 쇼핑몰愛 빠졌다" "떠도는 돈 경매路 몰린다" "그리움 속으路" "성과급 富럽다" "유럽 후궁문화 꽃피운 性君" "오늘은 美쳐라" "유비무韓, 우리는 방심 안 한다" "技막힌 佛운" "헤어 월드컵, 스타는 美래파" "濠好 아줌마, 반가워요!" 등은 신문 제목으로 쓰인 억지 조어다. "We-心心Free" "酒Go 걸리Go 酒Go" "Young 원한 오빠" 등처럼 요즘은 영어까지 동원된다(이들 대부분이 신문윤리위원회에서 경고를 받음).

이런 억지 조어는 기발한 아이디어로 시선을 끌 수는 있지만 결국은 우리말 체계를 무너뜨리는 것이다. 특히 신문이나 광고는 언어 습관을 형성하는 데 커다란 영향을 미친다는 점에서 부작용이 작지 않다. 어린이 등 한자에 대한 이해가 부족한 사람은 혼란스러울 수밖에 없다. 인터넷상의 언어 파괴와 더불어 우리말을 가벼이 여기게 하는 데도 일조하고 있다. 이런 번득이는 재치가 있다면 억지 조어보다 세련된 우리말 표현을 찾는 데 머리를 쓰는 게 낫겠다.

10

접속사가 없어야
좋은 문장

"왔노라, 보았노라, 이겼노라."(Veni, Vidi, Vici)

로마 최고의 정치가이자 장군이며 문필가이기도 했던 율리우스 시저(이탈리아어 카이사르)가 소아시아 젤라에서 파르나케스와 벌인 전투에서 승리한 후 원로원에 보낸 전문이다. 이 말은 영원한 명언으로 남아 있다. 시저는 대중 앞에서 복잡한 내용을 호소력 있는 한마디로 줄여 말하는 데도 천재적인 능력을 발휘했다고 한다.

시저가 만약 "왔노라, 보았노라, 이겼노라"에 접속사를 넣어 "왔노라, 그리고 보았노라, 그래서 이겼노라"라고 말했다면 그래도 명언이 될 수 있었을까. 아마도 그렇지 않을 것이다. 접속사 '그리고' '그래서'가 군더더기로 작용해 문장을 늘어지게 함으로써 글의 맛을 떨어뜨리기 때문이다. 간결한 말이 더욱 긴장감을 주고 호소력을 발휘한다는 사실을 시저는 본능적으로 깨닫고 있었으리라 생각된다.

좋은 문장을 만드는 첫째 비결은 간단명료하게 작성하는 것이다. 간단명료하게 작성하기 위해서는 우선 군더더기가 없어야 한다. 말할 때처럼 군더더기가 많아서는 좋은 문장이 될 수 없다. 군더더기가 있느냐 없느냐는 글 쓰는 능력을 판단하는 중요한 요소가 된다. 글쓰기 경험이 부족한 사람에게서 공통적으로 나타나는 특징이 바로 불필요한 말이 많다는 것이다. 글에서 군더더기란 없어도 되는 쓸데없는 표현을 말한다.

문장에서 군더더기로 작용하는 요소는 여러 가지가 있지만 그중에 대표적인 것이 접속사다. 접속사는 문장과 문장을 부드럽게 이어 주는 것으로 생각하기 쉬우나 사실은 군더더기로 문장을 늘어지게 만든다. "아침에 늦잠을 잤다. 그래서 학교에 지각했다. 그러나 다행히 선생님께 혼나지는 않았다"는 접속사 '그래서'와 '그러나'를 사용해 문장을 적절하게 연결한 것으로 보이지만 실제로는 '그래서'와 '그러나'가 문장을 늘어지게 만듦으로써 글의 맛을 떨어뜨린다.

특히 일이 순서대로 진행될 때는 접속사가 긴장감을 떨어뜨린다. '그래서'와 '그러나'를 빼고 "아침에 늦잠을 잤다. 학교에 지각했다. 다행히 선생님께 혼나지는 않았다"고 해야 긴장감이 살아나고 글이 깔끔해진다. 불필요한 접속사는 글의 흐름을 방해함으로써 읽는 속도를 떨어뜨리기도 한다. 글의 생명은 간결함과 함축성이다. 시저의 "왔노라, 보았노라, 이겼노라"에는 이러한 이치가 숨어 있다.

접속사가 남용되는 것은 문장과 문장 사이의 연결에서뿐만이 아니다. 단락과 단락을 연결할 때도 '그런데' '그리고' '그래서' '한편' 등 불필요하게 접속사가 사용되는 경우가 많다. 글쓰기 경험이 부족한 사람의 글을 유심히 보면 단락의 맨 앞에는 여지없이 접속사가 나온다. 글쓰기를 지도하는 사람 중에는 접속사를 사용해 단락과 단락, 문장과 문장을 부드럽게 이어 주라고 무턱대고 가르치는 이가 있기도 하다. 만약 단락의 맨 앞에 접속사가 오고 문장과 문장 사이에 또 접속사가 나온다면 그 글은 온통 접속사로 넘친다. 우스갯소리로 하면 '물 반 접속사 반'이다.

가능하면 접속사 없이 글을 쓰는 버릇을 들여야 한다. 접속사 없이 각 단락과 문장을 부드럽게 연결하도록 노력해야 글쓰기가 발전한다. 접속사 없이도 앞 단락과 뒤 단락, 앞 문장과 뒤 문장이 물 흐르듯 부드럽게 굴러간다면 이미 수준급의 문장력에 도달한 것이다. 접속사가 많다는 것은 내용의 연결성과 긴밀성이 부족하거나 전체적으로 이야기 전개에 문제가 있다는 얘기도 된다. 글의 성격과 내용에 따라 다소 차이가 날 수는 있지만 접속사가 많은 문장은 좋은 글이 될 수 없다.

11

'여우비'를
아시나요?

잔꾀가 많은 여우는 어느 날 호랑이와 마주치자 잡아먹히지 않기 위해 머리를 썼다. "내가 이 세상에서 가장 힘이 세다는 것을 호랑이 너는 아느냐. 나를 따라와 봐라. 그럼 알 수 있을 것이다." 자기가 가장 힘센 존재로 알고 있던 호랑이가 말했다. "에이, 그럴 리가 있나? 네 말대로 한번 해보자, 그래." 여우가 앞서가고 호랑이가 뒤를 따랐다. 정말로 모든 짐승이 겁을 먹고 도망치고 있었다.

호랑이도 헷갈리기 시작했다. 붙어 다니다 보니 어느새 여우한테 정이 들기도 했다. 여우는 한술 더 떠 호랑이와 함께 살면 좋겠다는 생각을 했다. 호랑이 옆에 있으니 세상에 무서울 것이 없으니까(호가호위·狐假虎筏, 남의 권세를 빌려 위세를 부림). 드디어 온갖 여우짓으로 호랑이를 꾀어 결혼하게 된다.

그런데 사실은 그동안 여우를 짝사랑했던 구름이 있었다. 바보같이 사랑을 제대로 고백해 보지도 못하고 먼발치에서 바라만 보다 여우와 호랑이의 결혼식을 지켜봐야 했다. 둘이 결혼하던 어느 맑고 화창한 날 구름은 애써 환한 미소를 지으며 간간이 눈물을 흘렸다(→여우비).

'여우비'에 얽힌 여러 가지 이야기를 나름대로 구성한 것이다. '여우비'란 볕이 나 있는 날 잠깐 오다가 그치는 비를 말하며, 이런 날을 '여우가 시집가는 날' 또는 '호랑이가 장가가는 날'이라고도 한다. 이런 말을 모두 충족시키려면 위의 구성이 그럴 듯하다.

'여우'는 잔꾀가 많아 매우 교활한 사람(나쁜 뜻)이나 하는 짓이 깜찍하고 영악한 계집아이(좋은 뜻)를 비유적으로 일컫는 두 가지 뜻으로 사용된다. 주로 여자에게 쓰인다. "여우 같은 ×"이라고 하면 욕이 되지만, "아이 저 여우"라고 하면 귀엽고 깜찍해 깨물어주고 싶은 심정을 담은 말이다. 여우 중에도 '불여우'(한국 북부와 만주 동부 지방에 사는 붉은 여우)가 가장 꾀가 많다고 한다.

여우에 대비되는 말이 늑대다. 여자에게 엉큼하고 음흉한 마음을 품은 남자를 '늑대'라고 한다. 여우와 다른 점은 "저 늑대"라고 하면 필시 욕이다. 좋은 의미는 어디에도 없다.

'여우비' 외에도 여우볕(비나 눈이 오는 날 잠깐 났다가 숨어 버리는 볕), 여우별(궂은 날 잠깐 났다가 사라지는 별)이 있는 것을 보면 단순히 여우처럼 약삭빠름에서 붙여진 말인 듯하다. '여우비'가 생기고 '여우 시집가는 날' '호랑이 장가가는 날'이라는 말이 나온 것으로 보인다.

어쨌든 아름다운 말들이다. '여우비'는 햇빛을 받아 반짝반짝

하는 그 자체도 아름답다. 인기 드라마였던 '여름향기'에서는 '여우비'를 중요 동기(모티브)로 해 여우비 속 두 주인공의 모습과 사랑을 아름답게 그려냈다. 우리의 풍부한 상상력과 정서를 고스란히 간직한 이들 정겹고 아름다운 말을 많이 사용하면 좋겠다.

12

'살사리꽃'을
아시나요?

가을 재촉하는 비가 내린다. 유난히 길고 더웠던 여름도 이렇게 막을 내리나 보다. 비가 그치면 맑고 푸른 하늘에 아침저녁으로 선선한 바람이 불어오고, 길가에는 코스모스가 흐드러지게 피어 바람에 살랑거릴 것이다. 가을바람에 가녀린 몸을 떨며 살살거리는 꽃, '살사리꽃'. 그 이름을 아는가.

'살사리꽃'은 코스모스를 이르는 정겨운 우리말이다. 어릴 적 학교를 오가는 길가에 늘어서 살랑거리며 우리를 맞아 주던 꽃이다. 화려하지는 않지만 향수를 자아내는 신비로움이 있다. 바람이 불 때마다 살살거리는 모습에서 '살사리(살살이→살사리)꽃'이란 우리말 이름이 붙은 것으로 보인다.

코스모스(cosmos)는 멕시코가 원산지로 우리나라에는 개화기 때 외국 선교사가 들여와 파종한 뒤 널리 퍼졌다고 한다. 지금은 전국 어디에나 피어 있고 우리에게 너무나 친숙해져 있어 원래부터 이 땅에서 자라난 우리 꽃으로 느껴지기도 한다.

'살사리꽃'은 바람에 살랑거리며 오가는 사람을 반갑게 맞이

하는 모습까지 담고 있는 정겨운 말이다. '코스모스'란 단순한 이름을 넘어서는 그 무엇이 있다. 그러나 이 말이 널리 쓰이지 못하는 것은 경직된 표준어 정책 때문이다. 표준국어대사전에는 '살사리꽃→코스모스'라고 간단하게 표기돼 있다. 맞지 않는 말이니 쓰지 말라는 얘기다.

'살사리꽃'을 사투리라 설명한 것도 아니고 간단히 '코스모스'로 가라고 사전에 올린 이유를 이해하기 어렵다. 이런 식이라면 '해바라기'는 선플라워(sunflower), '토끼풀'은 클로버(clover)로만 불러야 한다. 우리 정서가 고스란히 담긴 '살사리꽃'을 쓰지 못할 이유가 없다.

오래도록 써 온 순수 우리말인 '알타리무(알무)'도 생명력을 잃었다는 이유를 들어 한자어인 '총각(總角)무'로만 표기하게 한 것 역시 비슷한 경우다. 외래어나 한자어에 밀려 순수 우리말이 하나둘 사라지고 있는 현실에서 가능하면 우리말을 살려 쓰기는커녕 거꾸로 가는 예다. '살사리꽃-'. 얼마나 정겨운 이름인가. 살려 쓸 수 있는 우리말은 찾아서 써야 한다.

13

어려운 한자어
쓰지 맙시다

학교나 회사 식당 등에서 '배식구' '퇴식구'라고 적힌 표지판을 볼 수 있다. 식당에서야 무슨 말인지 짐작할 수 있지만, 단어 자체만 가지고는 뜻을 이해하기 어려운 용어다.

'배식구(配食口)'는 음식을 내주는 구멍이나 작은 문을, '퇴식구(退食口)'는 밥을 다 먹은 다음 빈 그릇을 내보내는 구멍을 뜻하는 한자어다. 이들 단어의 한자 구조를 잘 모르는 일반인이 이해하기에는 어려운 말이다. 좀 길어져도 '배식구'는 '밥 타는 곳', '퇴식구'는 '식기 반납하는 곳' 또는 '식기 반납' 등으로 알기 쉽게 고쳐 쓸 수 있는 단어다.

일반적으로 한자는 글자를 조합해 말을 만드는 능력(조어력)이 뛰어나고 한자어는 짧고 간단하다는 특징이 있다. 하지만 한자를 잘 모르는 사람은 이해하기 어렵다는 데 문제가 있다. 글에서 어려운 한자어를 쓰면 무게는 있을지 모르나 문장이 딱딱해진다.

얼마 전 교통문화운동본부가 공항에서 한·중·일 탑승 대기자 700명을 대상으로 기내 앞좌석에 붙은 '救命胴衣(구명동의)는 座席(좌석) 밑에 있습니다'는 국·한문 혼용 안내문구에 대한 이해도를 조사한 결과 한국인의 55%, 일본인의 40%, 중국인의 66%가 무슨 뜻인지 모르겠다고 응답했다고 한다. '着席(착석) 중에는 安全帶(안전대)를 맵시다'는 문구에 대해서도 비슷한 수치가 나왔다.

일본인과 중국인은 그렇다 쳐도 한국인의 절반 이상이 한글이 있음에도 이 문구를 이해하지 못한다는 것은 문제가 아닐 수 없다. 생명과 직결될 수도 있는 안내문구가 일반인이 이해하기에 너무 어려운 한자어로 돼 있다는 얘기다.

잘못 사용하면 치명적 부작용을 일으키는 의약품의 포장지에도 '경구 투여 금지'라는 설명이 적힌 것이 있다. '입을 통해 투여하면 안 된다', 즉 '먹으면 안 된다'는 말이 이토록 어려운 한자어로 돼 있으니 아이들은 물론 어른도 도무지 무슨 말인지 알 수가 없다.

1992년 정부가 순화 대상 행정용어 편람을 내놓고 각급 기관과 단체가 일본식 한자어나 어려운 한자어로 된 행정·법률용어, 기타 전문용어 등을 쉬운 말로 고쳐 쓰는 운동을 벌이고 있지만 제대로 시행되지 않고 있다. 배식구·퇴식구 역시 식품위생법에 나오는 용어여서 식당에서 그대로 따라 쓰고 있는 것이다.

행정·법률용어 등을 개정하고 시행하는 데는 시간이 많이 걸린다. 하지만 배식구·퇴식구처럼 마음만 먹으면 쉬운 말로 고쳐 쓸 수 있는 단어가 우리 주변에 많다. '구명동의'나 '경구 투여 금지'도 쉬운 말로 바꾸어야 한다. 한자 공부는 필요하지만 어려운 한자어는 지금의 한글세대와 맞지 않는다.

14

'망년회'인가,
'송년회'인가

연말 모임을 '망년회'라 많이 부른다. '망년회(忘年會)'의 '망년'은 망년지교(忘年之交) 또는 망년지우(忘年之友)에서 온 말이다. 나이를 따지지 않고 사귀는 벗을 망년지교(망년지우)라 한다. 인품이 훌륭한 사람이 있으면 나이의 많고 적음을 떠나 서로 친구로 사귄다는 뜻이다. 중국 당나라 때 이연수(李延壽)가 지은 역사책 『남사(南史)』의 '하손편'에 나오는 말이다.

일본에서는 섣달그믐께 친지끼리 모여 흥청대는 세시민속이 있었는데 '망년지교'에서 글자를 따 '망년(忘年)' 또는 '연망(年忘)'이라 불렀다고 한다. 이것이 망년회의 뿌리가 됐다. 하지만 '망년지교'의 '망년'과는 의미가 많이 다르다. '망년회'를 글자 그대로 풀이하면 '한 해(年)를 잊는(忘) 모임(會)'이란 뜻이다. 먹고 마시면서 한 해를 잊는다는 의미가 담겨 있다.

일본의 '망년회'와 달리 우리는 연말 모임을 '송년회(送年會)'라 불러 왔다. '송년'은 한 해를 보낸다는 의미로, 묵은해를 보내고 새해를 맞이한다는 뜻의 송구영신(送舊迎新)과 맥을 같이 한다. 따라서 '송년회'는 차분히 한 해를 되돌아보고 새해를 준비하는 자리라는 의미다. 먹고 마시며 한 해를 잊어버린다는 뜻의 '망년회'와 확연히 다르다.

이처럼 '망년회'는 일본식 표현이므로 우리식으로 '송년회'라 부르는 것이 좋다. '망년 모임' '망년 술자리' '망년 등반' '망년 여행' 등도 '송년 모임' '송년 술자리' '송년 등반' '송년 여행'으로 바꿔 쓰는 것이 바람직하다. '망년회'는 '망'자가 '망할 망(亡)'자 같아서 어감도 좋지 않다.

15

안주 일절(?), 외상 일체(?) 사절

저녁이면 사무실 빌딩 사이 골목길 여기저기에 포장마차가 들어선다. 출출한 퇴근 시간에 포장마차의 전구 불빛 아래 모락모락 피어오르는 김과 안주 굽는 냄새는 직장인의 발길을 끌어당긴다.

가벼워진 주머니 탓인지 손님이 하나둘 몰려들고, 금세 비좁은 포장마차 공간은 밖으로 터져 나가 주변에 간이 테이블을 늘어놓으며 도로를 점령하기 일쑤다.

포장마차에는 간단하나마 손님이 찾을 만한 안주는 다 있다. 그래서 일일이 열거하긴 뭣하고 한마디로 '안주 일절'이라고 써 붙여 놓았다. 하지만 주인이나 손님이나 '안주 일절'이 '안주 전혀 없음'에 가까운 뜻이라는 것을 아는 사람이 얼마나 될까.

'일절(一切)'은 '아주' '전혀' '절대로'의 뜻으로 '없다' '않다' 등 부정적인 단어와 어울려 쓰인다. "일절 연락하지 않았다"에서처럼 사물을 부인할 때 사용된다. 따라서 '안주 일절(전혀) 없음'은 될 수 있어도 '안주 일절 있음'은 성립할 수 없다. '일절'은 '일절 출입을 금합니다'에서와 같이 행위를 금지할 때도 쓰인다.

'모든 것' 또는 '모두 다'를 뜻하는 단어는 '일체(一切)'다. "내가 일체의 책임을 지고 물러나겠다" "한잔 마시고 지나간 일은 일체 털어 버리자" 등처럼 쓰인다. 따라서 '안주 일절'은 '안주 일체'라고 해야 맞다. 손님이 많아 안주가 일찍 바닥나고 문 닫을 때가 되면 그 순간만큼은 '안주 일절 (없음)'이 맞긴 하다.

한자(一切)는 같으면서도 '일절'과 '일체'로 차이가 나는 것은 '切'이(가) '끊을 절' '모두 체'의 두 가지 뜻으로 달리 읽히기 때문이다. 그러면 과거에 동네 가게나 포장마차에서 흔히 볼 수 있었던 '외상 일체 사절'은 어떻게 될까. '외상 절대 사절(안 돼)'이라는 뜻이므로 '외상 일절 사절'이라고 해야 맞다.

'삼가하다'를
삼갑시다

자주 쓰면서도 틀리기 쉬운 단어가 '삼가다'다. '조심하다' '지나치지 않도록 하다' '금지하다'의 뜻으로 흔히 사용하는 말이지만 '삼가하다'로 잘못 쓰는 경우가 많다. 대학생을 대상으로 한 받아쓰기 시험에서 70% 이상이 '삼가하다'로 썼다는 조사 결과도 있다.

공공장소의 안내판에는 '–를 삼가해주십시오' 또는 '–를 삼가합시다' 형태로 적혀 있는 것이 적지 않다. "흡연을 삼가해주십시오" "술을 드신 후 이용을 삼가해주십시오" "무단 횡단을 삼가합시다" "고성방가를 삼가합시다" 등으로 돼 있다.

인터넷 게시판에도 "욕설 등 저속한 내용을 삼가해주십시오" "광고성 글을 삼가합시다" 등 '삼가해주십시오' '삼가합시다'가 많다. 기사에서도 "단식 중인 그는 이날부터 외부인의 방문도 받지 않고 언론 접촉도 가급적 삼가할 것으로 알려졌다" "전문가들은 섣부른 투자는 삼가할 것을 조언하고 있다" 등처럼 '삼가하다' 형태로 잘못 쓰는 예가 있다.

'삼가다'를 '삼가하다'로 쓰는 이유는 동사의 기본형이 '-하다' 인 경우가 많기 때문이기도 하지만 '삼가다'의 발음이 어렵기 때문이다. '삼가다'를 활용한 '삼가니' '삼가고' '삼가서' '삼갑시다'보다 '삼가하다'를 활용한 '삼가하니' '삼가하고' '삼가해서' '삼가합시다'가 뜻이 분명하게 드러나고 발음하기도 쉽다. 중세 국어에서는 '삼가하다'의 표기도 보인다고 한다.

이러한 측면에도 불구하고 '삼가다'를 표준어로 삼고 있어 '삼가하다'로 쓰면 틀린 말이 된다. '나가다' '오가다' '막가다'처럼 기본형이 '삼가다'이기 때문에 그 활용은 '삼가+고(니/면/서/자/라/주십시오)' 등으로 해야 한다. 명사형은 '삼가함'이 아니라 '삼감'이다.

공공장소의 안내판이나 인터넷 게시판 등 주변에서 흔히 볼 수 있는 '삼가해주십시오' '삼가합시다'부터 '삼가주십시오' '삼갑시다'로 바로잡아야 혼란을 줄일 수 있다.

'꽃샘추위'와
'하나비에'

17

3월에 들어서면 기온이 상승해 금방이라도 봄꽃이 활짝 피어오를 것 같은데 꽃샘추위가 기승을 부리곤 한다. 약화됐던 시베리아 고기압이 세력을 회복해 추위를 몰고 오면서 봄을 더디게 할 때 '꽃샘추위'라 한다. 풀어 보면 '꽃이 피는 것을 시샘하는 추위'로 운치 있는 표현이다. 잎이 나오는 것을 시샘하는 추위라는 뜻으로 '잎샘추위'라고도 한다. 이때의 쌀쌀한 바람은 '꽃샘바람'이라고 한다.

봄추위를 중국에서는 '춘한(春寒)', 일본에선 '하나비에(花冷え)'라고 부른다. '춘한'은 글자 그대로 봄추위를 뜻하는 단순한 말이다. '하나비에'는 '꽃추위' 정도로 '춘한'보다 비유적인 표현이긴 하지만 단순하기는 마찬가지다. 이에 비해 우리의 '꽃샘추위'는 꽃이 피는 것을 시샘하는 추위(추위를 의인화)로 시심(詩心)이 가득 배어 있는 말이다. 우리말이 시적이고 아름답다는 것을 보여 준다.

봄은 왔으나 꽃샘추위로 봄 같지 않게 느껴질 때 '춘래불사춘'

이란 말도 종종 쓰인다. 한나라 원제(元帝)의 후궁으로서 중국의 4대 미인으로 꼽히는 왕소군(王昭君)이 흉노족 왕에게 끌려가는 가련한 처지를 빗대 '호지무화초 춘래불사춘(胡地無花草春來不似春)'이라 읊은 시에서 유래한 것이다. 오랑캐 땅에는 꽃이 없으니 봄이 와도 봄답지 않다는 뜻이다. 고달픈 인생살이를 비유적으로 일컬을 때 주로 사용된다.

"겨울 추위에는 살이 시리지만 봄추위에는 뼈가 시리다" "꽃샘 잎샘에 설늙은이 얼어 죽는다"는 우리 속담이 있다. 이른 봄철에 찬바람이 휘몰아치면서 변덕을 부리는 추위가 만만치 않음을 이르는 말이다.

"봄추위와 늙은이 건강"이라는 속담도 있다. 당장은 대단한 것 같아도 이미 기울어진 기세라 오래가지 못함을 비유적으로 이르는 말이다. 꽃샘추위가 드센 것은 봄이 이미 우리 곁에 와 있기 때문이다.

가을-추파와
외도

가을은 결실의 계절이다. 예부터 농작물을 거두어들이는 것을 '가을'이라 하고, 그 행위를 '가을한다'고 했다. 따라서 '가을'은 추수나 수확을 뜻하는 순우리말이고, 계절로서의 가을도 이러한 뜻에서 온 것으로 유추해 볼 수 있다.

이처럼 가을은 결실과 풍요의 계절이기도 하지만 가을을 뜻하는 영어 '폴(fall·잎이 시들어 떨어짐)'에서 보듯 조락(凋落)의 계절이기도 하다. 풍요로움 못지않게 쓸쓸함이 스며드는 계절이다.

낙엽이 지는 호수에 일렁이는 잔잔한 물결을 바라보면 아름다움 속에서도 외로움과 적적함이 느껴진다. 그 잔물결이 추파(秋波)다. 그리고 이성의 관심을 끌기 위해 은근히 보내는 눈길을 '추파'라고 한다. 지극히 자연스럽고 아름다운 현상이다. 미인의 맑고 아름다운 눈길을 '추파'라 부르기도 한다.

그러나 언제부터인가 남의 환심을 사려고 아첨하는 태도까지 '추파'라 부른다. "표를 얻기 위해 ○○지역에 끊임없이 추파를 보내고 있다" "미국의 환심을 사기 위해 여러 번 추파를 던졌지만 소용이 없었다" 등에서처럼 별로 좋지 않은 투로 '추파'를 쓰고 있다.

그러다 보니 이성 간에도 누가 누구에게 추파를 보냈다고 하면 추잡(醜雜)한 눈길을 주거나 이상한 행동을 한 것으로 들린다. 본디와 달리 다분히 부정적인 의미를 품고 있다. '추파'가 추잡한 눈길을 뜻하는 것으로 잘못 알고 있기 때문이기도 하다.

이러한 의미 변화는 '바르지 아니한 길이나 노릇'을 뜻하는 외도(外道)에서도 일어난다. "외도로 이혼하는 사례가 늘어나고 있다"에서처럼 '외도'는 아내나 남편이 아닌 다른 사람과 관계를 맺을 때 쓰이는 단어다. 당연히 좋지 않은 일이다.

하지만 요즘은 본업을 떠나 다른 일을 하는 것에도 '외도'라는 말을 쓴다. '탤런트 ○○○영화 외도' '정치 외도 ○○○ 탤런트 복귀' '가수에서 MC로 외도' 등 전혀 나쁠 게 없는 일에 '외도'라는 낱말을 사용한다.

과거 사전에는 '추파'나 '외도'가 원래 뜻만을 가지고 있었으나 근래에 나온 사전은 위와 같은 새로운 의미를 추가했다. 바뀐 뜻으로 두루 사용하고 있는 현실을 반영한 결과다.

언어도 생명체와 같아 생겨나고, 변화하고, 없어지기도 한다. 그러나 반대에 가까운 뜻까지 껴안음으로써 혼란을 주는 것은 곤란하다. '추파'와 '외도'를 본래 뜻대로 사용하는 것이 바람직하다.

19

'저희 나라'라고
하지 마라

TV에서 다른 나라와 경기하는 것을 중계방송할 때 아나운서나 해설자가 우리나라를 '저희 나라'라고 부르는 경우가 종종 있다. 그러나 우리나라를 '저희 나라'라고 부를 이유가 전혀 없다.

'저희'는 '우리'의 낮춤말이다. "저희가 하겠습니다" "저희 선생님은 참 자상하세요" 등과 같이 말하는 이가 자기보다 높은 사람에게 자기를 포함한 여러 사람을 낮추어 말할 때 쓰인다.

"저희 집에 꼭 한번 들러 주십시오" "저희 집사람입니다" "저희 회사가 개발한 신제품입니다" 등에서처럼 자기보다 높은 사람에게 어떤 대상이 자기와 친밀한 관계임을 낮추어 나타낼 때도 쓰인다.

'저희 나라'는 우리나라를 낮추어 말하는 것이다. 어떤 사람은 개인이나 국제 관계에서 이렇게 얘기할 수 있는 상황이 있지 않으냐고 가정해 보기도 하지만 이런 경우는 있을 수 없다.

서양에선 높임말과 낮춤말이 없으므로 '저희' 같은 표현이 있지도 않으며, 그런 관념조차 없다. 영어로 치면 '내(my)'와 '우리

(our)' 등 동등한 자격의 단어만 있을 뿐이다. 우리말과 일본어에만 상하 관계의 존칭·비칭이 있다.

국가는 대등한 관계이므로 자기 나라를 낮추어 얘기할 필요가 없다. 한국 문화와 언어를 아는 외국인에게도 굳이 '저희 나라'라고 말할 이유가 없다. 하물며 우리 국민을 대상으로 한 중계방송에서 우리나라를 낮추어 버젓이 '저희 나라'라고 하는 것은 이해하기 어려운 일이다. 그렇게 말하는 사람의 언어적 소양을 의심케 한다. '우리 선수'를 '저희 선수'라 부르는 것도 마찬가지다.

'우리나라'는 우리 한민족이 세운 나라를 스스로 이르는 말로, '우리나라 선수' '우리나라 사람' '우리나라 풍속' 등과 같이 쓰인다. '우리나라'를 '저희 나라'라고 낮추어 부르는 일이 없도록 주의해야 한다.

'아니예요'가
아니에요

'아니예요'와 '아니에요' 중 어느 것이 맞는지 헷갈리는 사람이 많다. '아니예요'로 잘못 쓰기 쉬운데 이는 '저예요' '할 거예요' 등과 같이 어색해 보이지 않기 때문이다.

'예요'는 '이에요'가 줄어든 말이며 '이'는 명사를 서술어로 만들 때 쓰이는 조사다. 명사의 경우 받침이 있으면 '이에요', 없으면 '예요'와 결합한다. '이예요'는 없는 형태다.

'책+이에요 → 책이에요' '꽃+이에요 → 꽃이에요' '셋+이에요 → 셋이에요' '선물+이에요 → 선물이에요' '집사람+이에요 → 집사람이에요' 등과 같이 받침이 있는 명사에는 '이에요'가 붙는다.

'저+예요 → 저예요' '나무+예요 → 나무예요' '하나+예요 → 하나예요' '거('것이'의 준말)+예요 → 거예요' 등과 같이 받침이 없는 명사에는 '예요'가 붙는다. 받침이 없을 때는 '이에요'보다 '예요' 발음이 자연스럽기 때문이다.

그러나 명사가 아닌 용언(동사·형용사)의 어간과 직접 결합할 때는 서술격 조사 '이'가 필요 없으므로 '에요'만 붙는다. '아니다'

의 경우 어간이 '아니'이므로 '아니+에요 → 아니에요'가 된다.

'이어요'와 준말인 '여요'도 마찬가지다. '책+이어요 → 책이어요' '나무+여요 → 나무여요' '아니+어요 → 아니어요'가 된다. '아니에요'와 '아니어요'는 줄여서 '아녜요' '아녀요'로도 쓸 수 있다.

명사일 때는 받침이 있으면 '이에요', 없으면 '예요'가 자연스럽게 발음되기 때문에 헷갈릴 염려가 많지 않다. 동사와 형용사의 경우 어간에 '에요'가 붙는다는 사실에 주의하면 된다. 따라서 '아니예요'가 아니라 '아니에요'라는 것만 기억하면 크게 문제 될 게 없다.

21

기형적인 말투
('─다'라고)

　남의 말을 인용하는 경우 직접화법(직접인용)과 간접화법(간접
인용)이 있다. 다른 사람이 말한 것을 그대로 되풀이하면서 옮기
는 것이 직접화법이고, 그 사람의 말을 자신의 입장에서 인칭이나
시제 등을 고쳐 말하는 것이 간접화법이다.

　　㉠ 베이컨은 "아는 것이 힘이다"고 말했다. → 베이컨은 아는 것이
　　　힘이라고 말했다.
　　㉡ 그는 "다시는 그러지 않을게요"라며 용서를 빌었다. → 그는 다시
　　　는 그러지 않겠다며 용서를 빌었다.
　　㉢ "오직 당신만을 사랑하겠습니다"는 말을 믿었다. → 오직 나만을
　　　사랑하겠다는 말을 믿었다.

　각각 앞의 것이 직접화법이고, 뒤의 것이 간접화법이다. 둘 다
가능한 표현이지만 특히 말할 때는 뒤의 간접화법이 자연스럽다.
글을 쓸 때도 사실은 간접화법이 부드럽다. 어쨌든 요즘은 이것도

저것도 아닌 특이한 말투가 유행하고 있다. 말할 때 전혀 어울리지 않는 직접화법 형태를 쓰는 것이다. 단순히 자신의 생각이나 판단을 나타내는 경우에도 '–다라고' '–다라며' '–다라는' 등으로 표현해 어설프기 그지없는 말을 하고 있다.

① 글쓰기는 타고난 사람만 할 수 있다라고 여기던 시대는 지났다.
   → 글쓰기는 타고난 사람만 할 수 있다고 여기던 시대는 지났다.
② 둘은 성격이 맞지 않는다라며 갈라섰다. → 둘은 성격이 맞지 않는다며 갈라섰다.
③ 안다라는 것과 가르친다라는 것은 다르다라는 점을 보여 주는 예다. → 아는 것과 가르치는 것은 다르다는 점을 보여 주는 예다.

화살표 앞의 것은 기형적인 말투이고, 뒤의 것이 정상적인 표현이다. 이런 기형적인 말투는 학문적 개념을 분명히 하려는 의도에서 일부 학자가 사용하는 것이다. "논리적이다라는 것은 객관성과 일관성 있게 자신의 생각을 말한다라는 것이다"처럼 표현하는 방식이다. 제대로 발음되지도 않는 것을 억지로 혀를 굴려 가며 발음하고 있다. 유식하거나 조리 있는 표현인 줄 알고 따라 하는 사람이 많으나 어법에 어긋나는 것으로 전혀 본받을 필요가 없다.

㉠ ㉡의 직접화법에서 '-고' '-는' 대신 꼬박꼬박 '라'를 넣어 '-라고' '-라는'으로 표기하는 사람이 있으나 이 역시 그냥 '-고' '-는'으로 해야 한다. 직접화법의 조사는 ㉡처럼 '-라고'(-라면, -라는)가 일반적이지만 'ㅏ' 음으로 끝나는 말 다음에는 그냥 '-고'(-며, -는)가 자연스럽다. 즉 〔베이컨은 "아는 것이 힘이다"라고 말했다〕는 〔베이컨은 "아는 것이 힘이다"고 말했다〕가 부드럽다. 따라서 애초에 직접화법이든 간접화법이든 '-다' 다음에 '-라고' '-라는' 등 '라'를 붙이는 것은 기형적 말투로 지극히 부자연스러운 표현이다.

22

잊혀진(?)
계절

지금도 기억하고 있어요 시월의 마지막 밤을 / 뜻 모를 이야기만 / 남긴 채 우리는 헤어졌지요 //
그날의 쓸쓸했던 표정이 그대의 진실인가요 / 한마디 변명도 못 하고 잊혀져야 하는 건가요 //
언제나 돌아오는 계절은 나에게 꿈을 주지만 / 이룰 수 없는 꿈은 슬퍼요 나를 울려요

1980년대 이용이 불러 인기를 얻었던 「잊혀진 계절」이다. '10월의 마지막 밤'에 애절한 의미를 부여하며 가슴속에 남아 잔잔히 흐르는 노래다. 그러잖아도 쓸쓸하게 다가오는 조락(凋落)의 계절 가을을 이별의 계절로 자리매김하며 우리를 더욱 서글프게 만들기도 한다.

그러나 「잊혀진 계절」은 좋은 곡임에도 불구하고 정상적인 표현인 '잊힌'을 밀어내고 이중피동인 '잊혀진'을 자리 잡게 하는 계기가 됐다. '잊힌 계절'이라고 하면 오히려 이상하게 들릴 정도다.

'잊혀진 계절'은 이후 다른 이중피동을 남발하게 하는 데도 적지 않은 영향을 미친다.

'잊다'의 피동형은 '히'가 첨가된 '잊히다'다. "그녀와 만남은 오래전에 잊힌 일이다" "세월이 흐르며 차츰 잊혀 갔다" "첫사랑의 상처도 이젠 잊혔다"처럼 '잊힌' '잊혀' '잊혔다' 등으로 써야 한다. '잊혀진' '잊혀져' '잊혀졌다'는 피동인 '잊히다'에 피동을 만드는 '-지다'가 덧붙은 '잊혀지다' 형태다.

이런 현상은 '보여지다(←보이다)' '쓰여지다(←쓰이다)' '짜여지다(←짜이다)' '바뀌어지다(←바뀌다)' 등에서도 나타난다. '불리다'의 경우 피동의 뜻을 강조하는 '우'가 붙어 '불리우다'가 되고 다시 피동의 뜻을 더하는 '지다'가 더해져 '불리워지다'로 사용되기도 한다. 피동의 의미를 강하게 하려는 의도로 볼 수 있으나 무의미하게 피동을 겹쳐 쓰는 것이다.

"지나간 일은 잊혀지고 새로운 삶이 시작되어져야 한다"에서도 '잊혀지고' '시작되어져야'는 이중피동이며, 피동형 문장으로 맛이 떨어진다. 능동문인 "지나간 일은 잊고 새로운 삶을 시작해야 한다"가 훨씬 분명하고 자연스럽게 와 닿는다. 피동형 문장은 자신감이 없어 보이고 때로는 도망가는 듯한 표현이 될 수도 있다. 이중피동을 사용하면 더욱 그렇다.

영어의 영향을 받아 전체적으로 피동형 문장이 늘어나고 이중피동도 남발하고 있는 것으로 보인다. 이중피동이 마구 쓰이는 데는 '잊혀진 계절'도 한몫했다. 지나간 노래의 제목이나 가사야 어쩔 수 없다 하더라도 그 밖의 경우엔 '잊힌'을 써야 한다. 이중피동은 우리말 체계를 파괴하고 언어의 경제성을 떨어뜨리므로 피하는 것이 바람직하다.

23

'-에' '-에게'는 구분해야

올해의 봄이여 / 너의 무대에서 / 배역이 없는 나는 내려간다 / 더하여 올해의 봄이여 / 네게 다른 연인이 생긴 일도 / 나는 알아 버렸어 //
어설픈지고 / 순정 그 하나로 눈 흘길 줄도 모르는 / 짝사랑의 습관이 / 옛 노예의 채찍자국처럼 남아 //
올해의 봄이여 / 너의 새순에 소금가루 뿌리려 오는 / 꽃샘눈 꽃샘추위를 / 중도에서 나는 만나 / 등에 업고 떠나고 지노니 //

김남조의 시 「다시 봄에게」다. 오는 봄에게 말을 하는 형식을 취하고 있다. 이 시의 제목처럼 '봄에게'란 말이 시적 표현으로 많이 쓰인다. '오는 봄에게 그저 미안하기만 한 춘설(春雪)' '겨울이 봄에게 주는 마지막 선물' '겨울이 미련이 남았는지 봄에게 자리를 비켜주지 못하고 있다' 등의 문구에서도 '봄에게'란 표현을 사용하고 있다. 이같이 '봄'에 '-에게'가 붙은 '봄에게'란 표현은 가능한 것일까.

어떤 행동이 미치거나 행동을 일으키는 대상을 나타내는 부사격 조사에는 '-에'와 '-에게'가 있다. 대부분 사람이 둘을 구분하지 않고 '-에게'를 쓰는 경향이 있다. "고객이 기업에게 무엇을 원하는지 파악해야 한다" "한국에게는 또 다른 기회가 될 수 있다"는 식으로 '-에게'를 주로 사용한다. 그러나 사람이나 동물을 나타내는 단어에만 '-에게'를 쓰고, 그 외에는 '-에'를 써야 한다. '기업에게'는 '기업에', '한국에게'는 '한국에'가 맞는 말이다.

"부모님에게 꾸중을 들었다" "친구들에게 합격 사실을 알렸다" 등처럼 사람인 경우와 "재수없이 개에게 물렸다" "돼지에게 먹이를 줘라" 등과 같이 동물인 경우 '-에게'를 쓴다. "제도 개선을 관계 부처에 건의했다" "사흘마다 꽃에 물을 줘야 한다" 등처럼 사람·동물이 아닌 경우에는 '-에'를 쓴다. 다만 위의 시 '다시 봄에게'처럼 사물을 의인화할 경우에는 사람이나 동물이 아니어도 '-에게'를 쓸 수 있다. '꽃에게 말을 거는 남자'도 이런 예다.

비슷한 낱말로 '-한테'와 '-더러'가 있다. 둘 다 '-에게'와 마찬가지로 사람과 동물의 경우에만 쓰고, 다른 것에는 쓰지 않는다. 차이점은 '-에게'보다 더 구어(문장에서보다 일상 대화에서 많이 쓰는 말)적이라는 데 있다. "너한테 긴히 할 말이 있다" "선생님한테 칭찬을 들어 기분이 좋았다" "그 여자가 너더러 누구냐고 묻더라" "나더러 어떻게 하라는 것이냐" 등처럼 쓰인다.

구어체적 표현을
삼가라

글을 쓸 때 "재밌는 이야기들을 옮겨놨다"고 적는다면 어떻게 될까? 물론 틀린 글자도 없고 비문(非文)도 아니다. 지나치게 구어체(口語體)여서 글로서의 가치가 떨어진다는 데 문제가 있다. 구어체란 일상적인 대화에서 주로 쓰는 말투를 가리킨다. '재밌는' '옮겨놨다'는 '재미있는' '옮겨놓았다'를 말할 때 빨리 발음하는 형태다.

글을 쓸 때는 말하듯 자연스럽게 써 내려가야 하지만 말과 글이 같을 수는 없다. 글의 문장은 말보다 완전하고 체계적이어야 한다. 또한 높은 완성도로 세련된 맛을 살려야 한다. 글에서 구어체적 표현, 즉 말을 그대로 옮겨놓은 듯한 표현이 나온다면 맛이 뚝 떨어질 수밖에 없다.

"괜히 한 거 아닌가 하는 생각이 든 거다"처럼 '것'과 관련된 단어를 말할 때 쓰는 형태도 요즘 글에서 많이 등장한다. 여기에서 '거'는 '것', '거다'는 '것이다'의 구어체다. 말할 때 표현을 그대로 옮긴 듯해 맛이 떨어지므로 "괜히 한 것 아닌가 하는 생각이

든 것이다"로 바꾸는 것이 낫다.

"안 좋아한다" "못 들어갔다" "장담 못 한다"도 말할 때 주로 사용하는 표현이다. 글을 쓸 때는 "좋아하지 않는다" "들어가지 못했다" "장담하지 못한다"로 적는 것이 바람직하다. '해논'(←해놓은), '따논'(←따놓은), '어쩜'(←어쩌면), '근데'(←그런데), '하기보단'(←하기보다는) 등도 구어적 표현이라고 할 수 있다.

물론 글의 성격에 따라 상대와 대화를 하듯 적어 내려가는 경우도 있겠지만 공식적이고 논리적인 글이라면 가급적 구어체 표현을 피해야 한다. 기획서·보고서·논술·자기소개서 등 공식적인 성격을 띠는 글에서 이러한 구어체가 나온다면 좋은 인상을 주기 어렵다.

적당한 '터울'의
형제가 아쉽다

여성의 사회참여 의식이 높아지고 경제적 어려움이 가중됨에 따라 맞벌이 부부가 늘고 있다고 한다. 특히 40대에서는 52%에 달한다는 조사 결과도 나왔다. 혼자 벌어서는 자녀를 교육시키며 먹고살기가 점점 힘든 세상이다.

맞벌이를 하면 무엇보다 아이들이 문제다. 아파트 놀이터에는 부모가 퇴근하기를 기다리며 어두워질 때까지 놀고 있는 아이들이 종종 있다. 몇 살 터울로 형제가 있으면 그나마 집안에서 서로 의지하며 지내기가 나으련만 혼자인 아이도 많다. 이럴 땐 적당한 터울의 형제가 아쉽다.

'터울'은 한 어머니에게서 먼저 태어난 아이와 다음에 태어난 아이의 나이 차이를 뜻한다. 쉽게 얘기하면 형제간의 나이 차이다. 한 어미로부터 먼저 태어난 새끼와 그다음에 태어난 새끼의 나이 차이에도 '터울'을 쓴다.

"형과 나는 두 살 터울이다" "위로는 한 살 터울의 누나가 있고 아래로는 두 살 터울의 남동생이 있다" "그들 형제는 터울이 많이

졌다""형제간에 터울이 너무 많이 뜨지 않는 게 좋다" 등처럼 쓰인다.

'터울'은 이처럼 형제간이 아니면 쓸 수 없다. 그러나 이러한 의미에도 아랑곳하지 않고 요즘은 아무 사이에나 단순한 나이 차이 또는 어떤 일의 간격이란 뜻으로 마구 쓰고 있다.

"그들 부부는 네 살 터울이다""한 살 터울인 이들은 서로 말을 놓고 지낸다""이들 선수는 두 살 터울로 고교 선후배 사이다""선생님과 열두 살 터울로 띠 동갑이다""며칠 터울로 송년 모임이 있다" 등이 '터울'을 잘못 쓴 경우다.

'터울'의 뜻을 정확하게 모르고 아무에게나 사용하면 실례가 될 수 있다. 글에서는 쓴 사람의 신뢰를 떨어뜨릴 수도 있다. '터울'은 형제간의 나이 차이에만 쓰는 것이 바람직하다.

'–들'을
줄여 쓰자

사물을 복수로 만들 때 쓰이는 접미사 '–들'을 남용하는 경향이 있다. 우리말에서는 이야기의 앞뒤 흐름으로 복수임을 짐작할 수 있거나 문장 속에 있는 다른 어휘로 복수라는 것을 알 수 있는 경우 '들'을 붙이지 않는다. 복수에 꼬박꼬박 '들'을 붙여 쓰는 것은 영어식 표현이다.

"먹자골목에는 음식점들이 늘어서 있다"를 예로 들면 '늘어서 있다'는 서술어로 복수라는 것을 알 수 있으므로 '음식점'에 '들'을 붙일 필요가 없다. "먹자골목에는 음식점이 늘어서 있다"는 표현으로 충분하다.

"사고로 여러 사람들이 다쳤다" "행사에 많은 사람들이 모였다"에서는 수식하는 '여러'와 '많은'이 구체적인 수를 드러내고 있으므로 '들'을 빼고 "사고로 여러 사람이 다쳤다" "행사에 많은 사람이 모였다"로 하는 것이 자연스럽다.

'들'을 남용하다 보니 "상승하는 수증기들이 주변의 낮은 공기들 때문에 냉각되고 서서히 뭉치면서 구름들이 생긴다"에서처럼 셀 수 없는 명사에까지 '들'을 붙이는 예가 많다. "상승하는 수증기가 주변의 낮은 공기 때문에 냉각되고 서서히 뭉치면서 구름이 생긴다"로 해야 한다.

'들'의 쓰임새에 대해 많이 궁금해하는 것이 하나 더 있다. 일상 대화에서 "수고들 하세요" "감기들 조심하세요" "행복들 하세요"에서처럼 복수가 될 수 없는 단어에 '들'을 붙이는 경우다. 이때의 '들'은 전제된 주어, 즉 이 말을 듣는 사람이 복수라는 것을 뜻한다. 그러나 여기에서도 반드시 '들'이 필요한 것은 아니다.

"조용히들 하세요" "집에서들 놀고 있어라" "많이들 먹어라" "잘들 해 봐라" "웃지들만 말고 자세히 얘기해 봐"에서와 같이 명사가 아닌 것에 '들'을 붙이는 예도 있다. 이 역시 주어가 생략되면서 그 주어가 복수라는 것을 나타내기 위해 빚어진 현상이다.

어쨌든 불필요하게 '들'을 사용하면 '들'이 군더더기로 작용함으로써 문장의 간결성이 떨어지고 읽기에도 불편해지므로 절제하는 것이 바람직하다.

"선생님들과 함께 수련 활동을 떠난 이들 학생들은 부모님들의 고마움을 생각하는 소중한 시간들을 보냈다"는 "선생님과 함께 수련 활동을 떠난 이들 학생은 부모님의 고마움을 생각하는 소중한 시간을 보냈다"가 훨씬 간결하고 부드럽다.

27

'-의'를
줄여 쓰자

우리말에선 원래 조사 '-의'가 흔하게 사용되지 않았다고 한다. 사람을 가리키는 '나, 너, 저'를 예로 들면 조사 'ㅣ'가 붙어 '내, 네, 제'로만 사용됐다고 한다. '내 사랑' '네 물건' '제 자식' 등 현재도 그대로 쓰고 있는 형태다.

'-의'가 붙은 '나의, 너의, 저의' 형태는 조선 후기에 모습을 보이기 시작해 개화기에 흔히 쓰이게 됐다고 한다. 이는 일본어에서 여러 가지 문장성분으로 두루 쓰이는 조사 '노(の)'의 영향을 받았기 때문이다.

'나의 침실로'(이상화의 시), '나의 살던 고향'(이원수의 '고향의 봄' 중) 등에서 '나의 침실'은 '내 침실', '나의 살던 고향'은 '내가 살던 고향'이 이전부터 내려온 우리말 어법이다.

요즘 들어서는 '-의'가 아무 데나 쓰이고 있다. "국회의 변화하는 모습을 국민은 절실히 기대하고 있다"(→국회가 변화하는 모습을~), "스스로의 약속을 저버렸다"(→스스로 한 약속을~), "타고난 저마다의 소질을 개발해야 한다"(→저마다 타고난 소질을~) 등 '-의'

를 남용하고 있다.

"소득의 향상과 식생활의 서구화로 쌀의 소비량이 부쩍 줄었다"에서는 명사와 명사 사이에 모두 '-의'를 사용했으나 이는 일본어식으로 전혀 필요 없는 것이다. "소득 향상과 식생활 서구화로 쌀 소비량이 부쩍 줄었다"가 자연스럽다.

고속도로나 쉼터 등에서 볼 수 있는 '만남의 광장'도 굳이 '명사+의+명사'로 만든 것으로 '만나는 광장'으로 해야 우리식이고 의미가 제대로 통한다.

'범죄와의 전쟁' '전통문화와의 만남'에서 '-와의(-との)'도 일본어식 이중조사로 '범죄 척결' '전통문화 만나기' 등으로 해야 한다. 표준국어대사전에 '-와의'가 올라 있기는 하지만 가급적 우리식 표현으로 쓰는 것이 바람직하다.

'-의'를 무조건 배척하자는 것은 아니다. 나름대로 효용도 있다. 불필요한 사용을 자제하고 '-의' 자를 이용해 우리말 체계와 다른 억지 말을 만들지 말자는 얘기다.

28

언제까지
'하여' '하였다'인가?

　　언문일치의 선구자는 유길준이다. 『서유견문』(1895) 서문에서 국한문 혼용체를 사용한 것은 일반 국민이 쉽게 이해할 수 있도록 함이라고 밝히고 있다. 이전에는 모든 글이 한문 문장으로만 쓰여 일상 언어, 나아가 일반인과 동떨어져 있었지만 말과 글의 일치를 주장함으로써 한글 전용에 많은 영향을 미쳤다.

　　요즘의 언문일치란 실제 생활에서 쓰이는 말과 글에서 사용되는 어휘·표현이 일치하는 것을 뜻한다. 즉 문어체와 구어체의 통합을 가리킨다. 문어체는 글에서만 볼 수 있는 문체이고, 구어체는 일상적인 대화에서 두루 쓰이는 말로 된 문체(입말체)다. 주로 옛말이 문어체로 사용되고 있다.

　　"어찌하오리까" "앙망하옵니다" "바라나이다" "받자옵겠습니다" "부끄럽사옵니다" 등처럼 TV 사극에서나 나오는 옛말들이 글에서 쓰인다면 문어체라 할 수 있다. "바람직하지 아니하다"와 같이 글에서 가끔 볼 수 있는 '아니하다'('않다'의 본딧말)도 일상적으로는 "바람직하지 않다"고 말하므로 문어체에 해당한다.

요즘은 "걔들이 설치면서 일을 다 망쳐 놨다"처럼 '그 아이' '저 아이'가 줄어든 '걔' '쟤', '놓아' '놓았다'가 줄어든 '놔' '놨다' 등 일상에서 쓰이는 말이 글에서 그대로 사용될 정도로 실제 말과 글이 별반 차이가 없다. 이러한 추세에도 불구하고 유독 아직까지 말과 글이 뚜렷하게 차이 나는 것이 '하여'와 '하였다'다.

"법률에 의하여 공시된 토지 및 주택 가액의 부동산가격 정보를 활용하여 부동산거래가격 검증체계를 구축·운영하여야 한다" 등처럼 법률·공문서는 따질 것도 없고, "현 상황에 대하여 어떻게 대처하여야 할지를 논의하였다"와 같이 일반 글에서도 '하여' '하였다'가 많이 쓰이고 있다.

하지만 이 얼마나 고리타분한 표현인가. 실제로 이렇게 말하는 사람은 없다. '하여' '하였다'는 입에서 사라진 지 오래이고 현재는 그 준말인 '해' '했다'가 쓰이고 있다. 특히 학교에서 초등 교과서는 물론 대학의 논문에 이르기까지 '하여' '하였다'를 사용하고 있다. 글쓰기 책에서 이렇게 쓰라고 가르치는 사람도 있다. '하여' '하였다'가 글에 무게를 주는 것으로 생각하기 때문인 듯하나 이는 시대에 뒤떨어진 아집에 불과하다. 일상에서 쓰는 언어를 사용해 누구나 쉽게 글을 쓸 수 있다는 인식을 가로막는 요소가 되기도 한다.

"잘 정리해 제출해야 하나 시간이 부족해 그러질 못했다"처럼 '해'가 반복해 나올 때 "잘 정리하여 제출해야 하나 시간이 부족해 그러질 못했다"와 같이 기술적으로 '하여'를 활용해 문장을 단조롭지 않게 만드는 경우가 있기는 하나 '하여' '하였다'만 고집하는 것은 문제가 있다. 주로 학자들이 '하여' '하였다'를 애용하고 있다. 시대 흐름인 언문일치를 외면하고 언제까지 '하여' '하였다'로 고리타분하게 글을 쓸 것인가.

'무더위'는
무서운 더위(?)

'무더위'라고 하면 막연하게 '심한 더위' 또는 '무서운 더위' '무시무시한 더위'라고 생각하는 사람이 있을지 모르지만 이런 의미와는 거리가 있다.

'무더위'는 '물더위'에서 온 말이다. 습도와 온도가 매우 높아 찌는 듯 견디기 어려운 더위를 '무더위'라고 한다. 물기가 많아 일반 더위와는 달리 후텁지근하게 느껴지는 더위를 가리킨다.

'물'의 고어가 '믈'이다. 용비어천가에는 '새미 기픈 므른……'이라는 구절이 있다. 이 '믈' 또는 '물'이 다른 단어와 결합하면서 'ㄹ'이 탈락해 '므-' 또는 '무-'가 된 것이다.

가을에 처음 내리는 묽은 서리를 뜻하는 '무서리'의 고어는 '므서리'이고, 공중에 떠 있는 물방울이 햇빛을 받아 일곱 빛깔을 내는 '무지개'의 고어는 '므지개'다.

물을 뜻하는 '무-'가 들어간 단어는 많다. 무살(물렁물렁하게 찐살), 무자리논(물이 늘 고여 있는 논), 무자맥질(물속에서 팔다리를 놀리며 떴다 잠겼다 하는 것), 무레질(바닷속에 들어가 해산물을 채취하

문장기술

는 일) 등이 있다.

물기가 많다는 '무-'와 달리 물기가 적다는 것을 나타내는 단어는 '된-'으로, 동사 '되다'에서 온 말이다. 늦가을에 아주 되게 내리는 서리를 '된서리'라고 하는데 '무서리'와 반대로 물기가 적은 서리를 얘기한다. '된서리'를 '강서리'라고도 한다.

'무더위' 외에 '불볕더위'라는 말도 쓰인다. 습기가 많아 숨이 막히는 '무더위'와 달리 햇볕이 쨍쨍 내리쬐어 따가운 더위가 '불볕더위'이며 줄여서 '불더위'라고도 한다. 더위를 강조하기 위해 '불볕 무더위'라는 말을 쓰기도 하는데 '무더위'와 '불볕더위'는 다른 개념이어서 둘을 합쳐 놓으면 어색하다.

'무더위'는 끓는 물의 뜨거운 김을 얼굴에 쏘이는 듯한 더위를 뜻하는 '가마솥더위'나 '찜통더위'와 비슷한 말이다. 그러고 보니 어째 '무더위'가 무서운 더위라는 생각이 들기도 한다.

'간절기'는
없다

가을에서 겨울로 넘어가는 시기, 겨울에서 봄으로 넘어가는 시기에는 특히 옷을 차려입기가 쉽지 않다. 아침저녁으로 기온차가 워낙 크다 보니 어디에 맞춰 옷을 입어야 할지 망설여진다. 두 계절이 함께 존재하는 이런 때가 감기에 걸리기 딱 알맞은 시기이기도 하다.

이처럼 철이 바뀌는 시기를 '간절기'라고 많이 부른다. 근래들어 패션에서 특히 '간절기'라는 용어를 많이 사용하는 경향이 있다. '간절기 패션' '간절기 코디' '간절기 신상품' 등과 같이 계절이 바뀌는 즈음에는 언론매체나 인터넷의 패션 관련 글에서 '간절기'란 용어가 흔히 등장한다.

그러나 '간절기'는 정체불명의 말이다. 한자어권 어디에도 이런 낱말은 없다. 일본식 표현을 오역한 것일 뿐이다. 일본어에는 '환절기'라는 말이 없어 대신 '절기의 사이'라는 표현을 쓰고 있다. '節氣の間'이다. '間(あいだ)'은 시간적·공간적 간격을 나타내는 용어다. 이 '節氣の間'의 글자를 무분별하게 조합해 옮긴 것이 바

로 '간절기'다. (오경순『번역투의 유혹』)

2000년 국립국어원이 '간절기'를 신어 목록에 올렸지만 이는 한 해 동안 신문이나 잡지 등에 새로 등장한 용어를 모은 것일 뿐이다. 이 가운데는 유행어뿐 아니라 비속어도 포함돼 있다. 그 말이 어법상 옳은 것인지는 따지지 않는다. 따라서 이를 근거로 '간절기'라는 말을 사용해도 된다는 주장은 성립하지 않는다.

'간절기'가 마치 업계 전문용어인 것처럼 널리 쓰이면서 우리 고유어인 '환절기(換節期)'를 밀어내는 형국이다. '간절기'가 '절기의 사이'로 더욱 분석적이고 과학적인 의미를 담고 있는 것으로 생각하기 쉬우나 계절이 바뀌는 시기를 나타내는 '환절기'와 결국은 같은 뜻이다.

소중한 우리말을 두고 정체불명의 단어를 사용할 필요가 없다. '간절기'는 '환절기'가 바른말이다.

"나 어떻게(?)"

"나 어떡해 너 갑자기 가 버리면 / 나 어떡해 너를 잃고 살아갈까 / 나 어떡해 나를 두고 떠나가면…" 1977년 제1회 대학가요제에서 대상을 받았던 「나 어떡해」란 곡이다. 당시 대학의 낭만을 대변하며 많은 인기를 끌었던 노래로, 요즘도 다른 가수들에 의해 재생(리바이벌)돼 불리곤 한다.

그러나 이 노래의 제목이나 가사를 옮기면서 '나 어떡해'를 '나 어떻게'라고 표기해 놓은 곳이 적지 않다. '나 어떡해'를 '나 어떻게'로 알고 있는 사람이 꽤 있다는 얘기다. 얼마 전 신문 제목에서 성적이 부진한 선수의 처지를 '나 어떡해'로 표현했는데 '나 어떻게'를 잘못 쓴 것이 아니냐고 문의해 오신 분도 있었다.

'어떻게'는 '어떻다'의 부사형으로 동사·형용사 등 다른 말 앞에 놓여 그것을 수식하는 기능을 한다. 그 자체로는 서술어로 쓰일 수 없다. "요즘 어떻게 지내니" "나 보고 어떻게 하란 말이냐" "내가 어떻게 너를 잊을 수 있겠니"에서처럼 반드시 서술어가 뒤따라와야 한다. "나 어떻게"도 서술어를 넣어 "나 어떻게 해"로 해야 완전한 문장이 된다.

'어떻게' '어떡해'가 헷갈리는 주된 이유는 발음이 비슷하기도 하지만 '어떻게 하다'가 줄어 '어떡하다'는 하나의 동사가 됐다는 사실을 잘 모르기 때문이다.

'어떡하다'는 "저는 이제 어떡하면 좋아요?" "어떡하다가 이렇게 되었니?" "어떡하든 잊어 보려고 하지만 힘들어요" "오늘도 안 오면 어떡해" 등처럼 쓰인다. '어떡하다'가 '어떻게 하다'의 준말이므로 '어떡하면'은 '어떻게 하면', '어떡하다가'는 '어떻게 하다가', '어떡하든'은 '어떻게 하든', '어떡해'는 '어떻게 해'가 줄어든 것이며 그대로 바꿔 쓸 수 있다. 따라서 '나 어떻게'는 '나 어떡해' 또는 '나 어떻게 해'로 고쳐야 한다.

32

메밀국수,
모밀국수(?)

여름철 더위를 달래 주는 음식 중에서 냉면 다음으로 많이 찾는 것이 메밀국수다. 하지만 대부분의 음식점에는 '모밀국수'라 적혀 있다. '모밀'이 '메밀'의 함경도 사투리이므로 '모밀국수'는 '메밀국수'가 맞는 말이다.

메밀은 아시아 북중부가 원산지로 중국의 명나라 때 우리나라에 들어온 뒤 일본으로 전해졌다. 생육기간이 2~3개월로 짧은 데다 고랭지 등 척박한 땅에서도 잘 자라는 특성 때문에 조선시대 구황작물로 큰 몫을 했다고 한다.

메밀국수·메밀묵 등 주로 국수와 묵으로 만들어 먹었으며, 밀가루가 귀했던 당시 국수 재료는 대부분 메밀이었다고 한다. 냉면 사리의 주재료도 메밀이다. 초가을 강원도 봉평에 가면 소설『메밀꽃 필 무렵』의 저자인 이효석 생가 앞 산등성이에 흐드러지게 핀 메밀꽃을 바라보며 메밀국수·메밀묵·메밀술을 맛볼 수 있다.

메밀은 오곡에도 끼지 못하지만 다른 곡물보다 단백질이 풍부하고 필수 아미노산 함유량이 많아 영양가 높은 식품으로 평가받고 있다. 성인병 예방과 다이어트에도 효과가 있는 것으로 알려져 있다. 메밀은 속을 차게 하는 음식으로 냉한 기운을 없애기 위해 무즙을 넣어 먹는다.

현재 우리가 식당에서 작은 대나무 발 등에 올려놓은 메밀 사리를 장국(소스)에 찍어 먹는 형태는 우리의 전통 메밀국수와는 다른 일본식으로 소위 '소바'라 부르는 것이다.

'소바(蕎麥·そば)'는 메밀을 뜻하는 일본말이며 지금은 '소바키리(そば切り)', 즉 메밀국수를 가리키는 말로 널리 쓰인다. 메밀국수는 회(사시미)와 더불어 일본의 전통음식으로 자리 잡았다. 국물을 만드는 방식과 고기·버섯 등 얹어 먹는 재료에 따라 이름도 다양하다. 우리나라에서 건너간 메밀국수가 일본에서 발달한 뒤 역수입된 셈이다.

옛날 궁중에서 고기·해물 등 다양한 재료로 국물(육수)을 우려낸 뒤 메밀국수를 넣어 요리하던 형태를 흉내 낸 음식점으로 '양반국시' '안동국시' 등 '국시' 상호가 있으며, '국시'는 '국수'의 사투리다. '밀가리'가 '밀가루'의 사투리이기 때문에 '밀가리'로 만든 것이 '국시'이고, '밀가루'로 만든 것이 '국수'라는 농담을 하기도 한다.

'메밀국수'를 완전히 사투리로 하면 '모밀국시'가 되지만 설마 이렇게 부르는 사람이 있을까. 어쨌든 '모밀국수' '모밀국시' '소바'는 모두 '메밀국수'다.

33

번역투
'–를 갖다'의 남용

'–를 가지다(갖다)'는 표현을 남용하는 경향이 있다. 우리말에서 잘 어울리는 다른 서술어가 있음에도 '가지다' '갖다'를 남용하는 것은 영어의 'have+명사'를 '가지다' 또는 준말인 '갖다'로 단순 번역하는 데 익숙한 탓이라고 보는 사람이 많다.

"즐거운 시간 가지시기 바랍니다"가 대표적인 예로 "Have a good time"을 직역한 것이다. "즐거운 시간 보내시기 바랍니다"나 "즐겁게 보내시기 바랍니다"가 자연스러운 표현이다. '가지다'는 소유의 개념 외에도 여러 가지 뜻을 지니고 있어 두루 쓸 수 있는 단어이긴 하지만 경우를 가리지 않고 마구 사용함으로써 어색한 문장을 만들어 내는 것이 문제다.

'기자회견을 갖다' '회담을 갖다' '집회를 갖다' '간담회를 갖다' 등은 '열다' '하다' '개최하다' 등이 어울리는 자리에 '갖다'를 쓴 경우다. 이처럼 모두 '갖다'를 쓴다면 "이 단체는 어제 기자회견을 갖고 내일부터 지방 단위로 간담회를 가진 뒤 전국적으로 대규모 집회를 갖기로 했다"처럼 '갖다' 또는 '가지다'가 중복된 어설픈 문장이 나올 수 있다.

"양측은 회담 직후 가진 기자회견을 통해 이같이 발표했다"처럼 '가진 ~를 통해'로 이어지는 부자연스러운 표현도 자주 나온다. "양측은 회담 직후 기자회견을 열어(열고) 이같이 발표했다"가 정상적인 우리말 어법이다.

또 "우리 회사는 많은 협력업체를 가지고 있다" "나는 3만 원을 가지고 있다" "좋은 생각을 가진 사람은 말해 보라" 등은 '있다'가 어울리는 자리에 '가지다'를 쓴 경우다. "우리 회사에는 많은 협력업체가 있다" "나에게(나한테) 3만 원이 있다" "좋은 생각이 있는 사람은 말해 보라"가 자연스럽다.

더욱 어색한 문장도 있다. "나는 세 명의 가족을 가지고 있다" "그는 많은 친구를 가지고 있다" 등이 그런 예다. 가족이나 친구가 소유물이나 되는 듯한 표현이다. "나에게는 세 명의 가족이 있다" 또는 "우리 가족은 세 명이다", "그에게는 많은 친구가 있다" 또는 "그는 친구가 많다" 등으로 고쳐야 한다.

말이 안 되는 경우도 있다. "오랜만에 즐거운 모임을 가졌다"가 그런 예로, 그대로 풀이하면 "오래도록 즐겁지 않은 모임이었는데 이번엔 즐거운 모임이었다"는 뜻이 된다. '모임을 가졌다'에 집착하다 보니 결과적으로 이런 문장이 나온다. "오랜만에 모여 즐거운 시간을 보냈다"로 해야 제대로 된 표현이다.

이처럼 '가지다(갖다)'를 남용함으로써 정상적인 우리말 표현

방식이 무너지고 있다. 상황에 따라 '열다' '있다' '하다' '보내다' 등 다른 적절한 단어로 바꾸어 쓰거나 우리말답게 문장을 재구성해야 한다.

34

번역투
'–로부터'의 남용

정치인이나 권력 주변 인사들이 검찰에 불려 가면서 "○○○은 모 기업으로부터 불법 정치자금 얼마를 받았고, 모 단체로부터 얼마를 받았으며, 모 씨로부터도 얼마를 받았다"는 식의 뉴스가 보도되는 경우가 있다. 이런 소식을 듣기도 피곤하지만 문장에서 이처럼 '–로부터'를 남용하는 것도 보기에 좋지 않다.

'–로부터'를 무의식적으로 마구 쓰는 것은 영어를 공부하면서 'from~'을 '–로부터', 'from~ to~'를 '–로부터 –까지'로 단순 번역하는 데 익숙한 탓이라고 보는 사람이 많다. '–로부터 –까지'를 뜻하는 일본어 '–카라 –마데(–から –まで)'의 영향을 받았다고 보는 사람도 있다.

어쨌든 '–에서' 또는 '(사람·동물)에게서〔한테서〕' 등이 어울리는 자리에 '–로부터'를 남용하고 있는 것은 사실이다.

'–로부터'의 기원이나 쓰임새에 대해서는 여러 가지 견해가 있지만 '–로부터'는 "인생은 어디로부터 와서 어디로 가는가" "바퀴 달린 탈것은 마차로부터 고속철도까지 발전해 왔다"에서처럼 유래나 구체적인 출발점을 나타낼 때 잘 어울린다.

그러나 "그 업체는 한국으로부터 철수했다"에서는 '한국으로부터'보다 '한국에서'가 잘 어울린다. 특히 사람인 경우 "아버지로부터 재산을 물려받았다" "친구로부터 편지가 왔다"보다 "아버지에게서〔한테서〕 재산을 물려받았다" "친구에게서〔한테서〕 편지가 왔다"가 자연스럽다.

처음에 예를 든 문장도 '모 기업으로부터'는 '모 기업에서', '모 단체로부터'는 '모 단체에서', '모 씨로부터'는 '모 씨에게서'로 바꿔 "○○○은 모 기업에서 불법 정치자금 얼마를 받았고, 모 단체에서 얼마를 받았으며, 모 씨에게서도 얼마를 받았다"로 하는 것이 자연스러운 표현이다.

무턱대고 '-로부터'를 사용하지 말고 상황에 따라 '-에서' '-에게서〔한테서〕' 등 다른 적절한 단어로 바꿔 쓰는 노력이 필요하다.

35

옥석을
구분하라(?)

잘 골라야 한다는 뜻으로 '옥석을 구분해야 한다' 또는 '옥석이 구분돼야 한다'는 말을 많이 쓴다. 그러나 이 말은 문제가 있는 표현이다.

옥석구분(玉石俱焚)은 '옥(玉)과 돌(石)이 함께(俱) 탄다(焚)'는 뜻으로, 옳은 사람이나 그른 사람 구별 없이 모두 재앙을 받음을 일컫는 말이다. 사전에도 이런 의미밖에 없다.

'옥석구분'은 중국 『서경(書經)』의 '하서 윤정편(夏書胤征篇)'에 나온다. 윤후(胤侯)가 하(夏)나라 임금의 명에 따라 희화(義和)를 치러 나갈 때 한 선언으로 "곤강(산 이름)에 불이 붙으면 옥과 돌이 함께 탄다(火炎崑岡, 玉石俱焚). 임금이 덕을 잃으면 그 피해는 사나운 불길보다 심하다. 우두머리는 처벌하되 협박에 못 이겨 복종한 사람은 벌하지 않을 것이다. 마음을 새롭게 해 착함으로 돌아가라"는 내용 중 일부다.

따라서 '옥석구분'은 좋은 것, 필요한 것까지 모두 잃어버리게 되는 경우를 의미한다. "후보자의 옥석을 구분해야 한다" "상승종

목도 옥석 구분이 어렵다""불건전 게임이 많으므로 옥석을 구분해야 한다""소비자는 나름대로 옥석을 구분해 제품을 선택한다" 등은 원래의 '옥석구분'과 동떨어진 표현이며 언론매체에서도 그대로 쓰고 있다.

본디 뜻에 맞게 사용하려면 "옥석구분이 되지 않도록 후보자를 잘 골라야 한다" 등으로 표현해야 하지만 사실 이렇게 쓰는 사람은 별로 없다. 고사성어와 관계없이 '옥과 돌을 구분(區分)한다'는 뜻으로 사용해도 된다고 우기면 할 말이 없다. 그러나 '옥석구분'의 의미를 제대로 안다면 이처럼 쓰지 않을 것이다.

"옥석을 구분해야 한다"는 표현을 가능하면 쓰지 말고 "잘 골라야 한다" 등 다른 말로 바꾸어야 한다. "옥석을 가려야 한다"는 표현은 '옥석구분'에서 '구분'이 빠짐으로써 다소 의미를 비켜 가므로 "옥석을 구분해야 한다"보다는 낫다.

✎ 36

'여부'는
사족이다

전국시대 초(楚)나라 회왕(懷王) 때의 얘기다. 어느 인색한 사람이 제사를 지낸 뒤 하인들에게 겨우 술 한 잔을 내놓으며 나누어 마시라고 했다. 하인들은 땅바닥에 뱀을 제일 먼저 그리는 사람이 이 술을 마시기로 했다.

이윽고 한 하인이 술잔을 집어 들고 말했다. "이 술은 내가 마셔야겠네. 어떤가. 멋진 뱀이지. 발도 있고." 그때 막 뱀을 그린 다른 하인이 술잔을 빼앗아 단숨에 마셔 버렸다. "세상에 발 달린 뱀이 어디 있나?" 술잔을 빼앗긴 하인은 공연히 쓸데없는 짓을 했다고 후회했지만 소용이 없었다. 이때부터 쓸데없는 짓(것)을 가리켜 화사첨족(畵蛇添足) 또는 줄여 사족(蛇足)이라 부르게 됐다.

우리가 쓰는 문장에도 이러한 사족이 많다. 그중에서 대표적인 것이 '여부(與否)'다. 필요 없는 곳에 '여부'를 사용함으로써 어색한 문장이 되거나 쓸데없이 문장이 길어지는 경우가 많다.

우선 의문·추측을 나타내는 어미가 붙은 '-인지' '-는지' '-할지' 다음에 오는 '여부'는 필요 없다. "높은 득표율로 당선할지 여부에 관심이 쏠리고 있다" "법률 위반에 해당하는지 여부를 조사하기로 했다"에서의 '여부'는 없어도 말이 잘 되므로 '당선할지에 관심이 쏠리고 있다' '해당하는지를 조사하기로 했다'로 해야 한다.

반대어의 대칭으로 구성된 한자어 뒤의 '여부'도 필요 없다. "진위 여부를 가려야 한다" "성패 여부를 결정하는 중요한 요소다" "진퇴 여부가 결정된다" "생사 여부가 확인되지 않았다" "논술과 심층면접이 당락 여부를 결정한다" 등에서도 '여부'를 빼야 한다.

'명사+성(性)'으로 구성돼 성질·경향을 나타내는 단어도 그러(하)냐, 아니냐의 의미를 내포하고 있어 '여부'와 잘 어울리지 않는다. "적법성 여부를 분석해야 한다" "타당성 여부를 검증해 보자" "사업성 여부를 따져 봐야 한다" "합격 가능성 여부를 판단하는 자료로 쓰인다" 등에서 '여부'는 없어도 된다.

빠르기의 정도를 나타내는 '속도' 역시 어느 한쪽을 선택하는 '여부'와 맞지 않는다. "주가의 본격 상승은 실물경기의 회복 속도 여부에 달려 있다"는 '회복 속도에 달려 있다'고 하는 것이 자연스럽다.

언어는 그 사회상을 반영한다고 한다. 둘 중 하나의 선택을 강요하는 '여부'를 이처럼 남용하는 것은 우리가 양단간에 결판을 내야 하는 일이 많거나 그만큼 조급하다는 얘기인지도 모른다.

어쨌거나 문장의 생명은 간단명료함이다. '여부'처럼 공연히 사족을 붙이거나 군더더기가 많아서는 좋은 글이 될 수 없다.

'-중이다'를
줄여 쓰자

우리말에서는 영어처럼 특별히 진행형이 있는 게 아니다. 상태나 진행을 뜻하는 '있다'가 '-고 있다' 형태로 진행형을 대신한다. '가다'를 예로 들면 '가고 있었다(과거진행)-가고 있다(현재진행)-가고 있겠다(미래진행)'가 된다. 그러나 요즘은 이런 체계를 무시하고 영어의 '-ing'를 공부하면서 배운 '-중이다'가 마구 쓰이고 있다.

"공격적인 투자를 계획 중이다" "실질적 혜택방안을 검토 중이다" "업무의 고도화를 추진 중이다" "행사 참가를 고려 중이다" "실패 원인을 파악 중이다" "정확한 사고 경위를 조사 중이다" "기다리는 중이다" "그동안 써 놓은 글의 출판을 생각 중이다" 등과 같이 서술어가 '-중이다' 투성이다.

우리말의 '-중'은 '영웅 중의 영웅'처럼 '-가운데', '수업 중, 공부 중, 그러던 중'처럼 '-하는 동안', '임신 중, 수감 중'처럼 '어떤 상태에 있는 동안' 등의 뜻으로 쓰일 때 잘 어울리는 말이다. 물론 이런 의미에서 '상태'나 '-동안'을 나타내는 "수업 중이다" "공부 중이다" "임신 중이다" "식사 중이다" 등의 표현이 가능하기는 하다.

하지만 이런 경우를 제외하면 보통은 '-하고 있다'가 적절하다. '계획 중이다 → 계획하고 있다' '검토 중이다 → 검토하고 있다' '추진 중이다 → 추진하고 있다' '조사 중이다 → 조사하고 있다' '고려 중이다 → 고려하고 있다' '출판을 생각 중이다 → 출판을 생각하고 있다(→출판할 생각이다)' 등이 정상적인 우리말 표현 방식이다.

'-중이다'에서 한 발 더 나아가 ("계획 중이다"→) "계획하는 중이다" "계획하고 있는 중이다" 등처럼 영어의 진행형을 더욱 흉내 낸 듯한 표현도 많이 쓰이고 있다. 모두 "계획하고 있다"가 정상적인 말이다. "원인을 파악 중에 있다"와 같이 '-중에 있다'는 어설픈 표현도 흔히 사용된다. "원인을 파악하고 있다"가 적절한 말이다.

표준국어대사전에도 "차를 기다리고 있는 중이다"는 예문이 나오니 의아한 마음이 든다. "차를 기다리고 있다"가 적절한 표현이며, 너그러이 보아줘도 "차를 기다리는 중이다" 정도면 충분하다. "기다리고 있는 중이다"는 진행이나 상태를 지나치게 강조한 영어식 표현이다. '-ing'를 배우면서 '-하고 있는 중이다'가 입에 밴 탓이다.

영어의 '-ing'를 가르칠 때 무턱대고 '-중이다' '-하는 중이다' '-하고 있는 중이다' 등으로 주입하지 말고 우리말 체계에 맞게 '-하고 있다'로 익히게 해야 원천적으로 문제가 해결된다. 이미 '-중이다'에 익숙한 사람은 글을 쓸 때 가능하면 '-하고 있다'를 사용해야 한다.

'−적(的)'을
줄여 쓰자

✎ 38

"구체적 행위의 역사적 의의를 포괄적으로 규정했다" "경제적 수준이 높아지고, 정치적 자유가 증진되고, 문화적 다양성이 확대되긴 했지만 사회적·문화적 공통분모가 부족하다" 등에서와 같이 '−적'이 붙은 단어가 많이 쓰이고 있다.

우리말에서 '−적'이 사용된 것은 그리 오래되지 않았다고 한다. '−적(的)'은 본래 '−의' 뜻으로 쓰는 중국어 토씨로, 일본 사람들이 쓰기 시작한 것을 우리가 따라 쓰게 된 것이다. 일본에서도 메이지(明治·1867~1912) 시대 초기에 영어의 '−tic'을 번역하면서 처음으로 '−적'이란 말을 썼다고 한다. 영어의 '팬태스틱(fantastic)'을 '환상적'이라고 번역해 적는 방식이다. 이후로는 그동안 써온 '−식'이란 말 대신 '−적'이 많이 쓰이게 됐다고 한다. 우리나라에서는 개화기 잡지나 소설에서 처음으로 '−적'이 등장한다.

이렇게 해서 두루 쓰이게 된 '−적'이 일본에서 들어온 것이니 쓰지 말자고 얘기하려는 것은 아니다. 이미 오랫동안 써온 것으로 우리말의 일부분이 됐고, 효용가치도 있으므로 적절하게 사용하면 된다. 문제는 '-적'을 마구 씀으로써 우리말의 다양한 어휘와 표현을 밀어내고 어색한 말을 만들어 낸다는 점이다.

"그는 아버지의 말씀이라면 무조건적으로 따르고 있다" "인터넷은 시간적·공간적 제약이 없다" "통일은 민족사적 발전 과정에서 당연한 귀결이다"에서는 불필요하게 '-적'을 붙인 경우다. '무조건 따르고 있다' '시간·공간(의) 제약이 없다' '민족사 발전 과정에서'로 충분한 표현이다.

"영어로 말하기에 익숙해지면 자연적으로 듣는 데도 익숙해진다" "장난적인 답변은 사양합니다" "조화적인 색채 감각을 바탕으로 했다"에서는 '-스럽게' 또는 '-스러운' 등이 어울리는 자리에 '-적'을 사용한 것이다. '자연스럽게 듣는 데도 익숙해진다' '장난스러운 답변' '조화로운 색채 감각'으로 하는 것이 낫다.

"평범하지만 세상적인 길을 가고 있다" "부모는 자식에게 공감적으로 반응해야 한다"에서는 '세상적' '공감적'이란 단어가 갖는 의미를 언뜻 이해하기 어렵다. '평범하지만 세상적인 길'은 그냥 '평범한 길', '공감적으로'는 '공감하면서'로 하는 것이 쉽고 뜻이 잘 통한다.

"몸적으로, 마음적으로 많은 준비를 하지 못했다"는 표현을 보면 '-적'이 얼마나 남용되고 있는지 느낄 수 있다. '육체적' '정신적'이란 표현은 몰라도 '몸적' '마음적'은 어설프다. 순우리말과는 '-적'이 특히 어울리지 않기 때문이다. '몸으로, 마음으로'라고 하

면 될 것을 군이 '－적'을 넣었다. '－적'이란 표현을 줄여 써야 한
다.

39

'-에 의해'를
줄여 쓰자

'-에 기초해' '-로 말미암아' 등의 뜻으로 쓰이는 '-에 의해'가 있다. 그러나 전혀 필요 없는 곳에 집어넣거나 다른 말이 어울리는 자리에 마구 사용하는 등 '-에 의해'를 남용하는 경향이 있다.

'-에 의(依)해'를 남용하게 된 것은 일본어에서 자주 나오는 '-니욧테(-に依って)' 또는 영어 수동태 문장의 'by~' 때문이라는 견해가 있다.

"청소년들은 잘못된 교육에 의해 억눌려 스스로의 삶을 살 기회도 없이 상업 논리에 의해 지배받는 값싼 대중문화로 보상받고 있다"에서는 '의해'가 군더더기이므로 모두 빼고 '교육에 억눌려' '상업 논리에 지배받는'으로 해야 한다.

"친구들에 의해 소외당하고 있다" "적절한 교육에 의해 높은 소질을 키울 수 있다" "자연은 일정한 목적에 의해 움직이는 살아 있는 생물이다" "광고에 의해 자신의 욕구와 관계없는 제품을 구매하지는 않는다"에서는 각각 '친구들에게' '교육으로' '목적에 따라' '광고 때문에'가 어울린다.

더 큰 문제는 '-에 의해'를 사용하는 데 익숙하다 보니 영어의 'by'를 단순히 '-에 의해'로 번역해 우리말 체계와 다른 피동문을 만들어 낸다는 점이다.

"The book was written by Dr. Choi"를 대부분 "그 책은 최 박사에 의해 쓰였다"로 번역하지만 능동문을 주로 사용하는 우리말로는 "최 박사가 그 책을 썼다"가 정상적인 표현이다.

이러다 보니 요즘은 '-에 의해'를 사용한 피동문을 흔히 볼 수 있다. "사회적 지위 이동은 교육에 의해 좌우된다" "정부에 의해 운영되던 사회복지시설이 지금은 대부분 민간에 의해 위탁 경영되고 있다" 등이 그런 예다. 능동문인 "교육이 사회적 지위 이동을 좌우한다" "정부가 운영하던 사회복지시설을 지금은 대부분 민간이 위탁 경영하고 있다"가 자연스럽다.

이래저래 '-에 의해'를 줄여 써야 한다. 같은 형태인 '-에 의한' '-에 의하면'도 마찬가지다.

40

스타는
유명세를 탄다(?)

높은 인기를 얻고 있는 연예인이나 스포츠 선수, 즉 스타들에게는 그들의 인기만큼 취재기자나 열성 팬들이 따라붙게 마련이다. 자신의 인기를 실감하는 일이기도 하지만 때론 이들이 성가신 존재가 될 수 있다. 스타라는 이유로 행동이 제약되고 사생활을 제대로 보호받지 못하는 등 불편한 점이 한두 가지가 아니다.

이런 것들이 소위 얘기하는 '유명세(有名稅)'다. 이름이 널리 알려져 있는 탓에 당하는 불편이나 곤욕을 속되게 이르는 말로, 스타가 치러야 하는 어려움을 세금에 비유한 것이다.

그러나 '유명세'의 '세'가 세금을 뜻하는 '稅'가 아니라 기세를 뜻하는 '勢'인 줄 알고 '인기' '이름값' 등의 의미로 잘못 사용하는 경우가 많다. 특히 신문·방송에서도 이렇게 쓰는 예가 흔하다.

"군인들 덕분에 역주행하면서 유명세를 타고 있다" "유명세를 타고 찾는 사람이 부쩍 늘었다" "유명세가 붙으면 모델료가 껑충 뛰어오른다" "간판선수들의 유명세에 밀려 무명의 세월을 보냈다" "유명세와 관계없이 일반인과 똑같은 기준을 적용할 것이다" "일련의 연구 결과로 유명세를 얻었다" 등이 '유명세'의 뜻을 잘못 알고 쓴 것이다.

따라서 '유명세를 타다' '유명세에 밀리다' '유명세가 붙다' '유명세를 얻었다' 등의 표현은 잘못된 것이다. "그녀는 사생활이 공개돼 한동안 브라운관을 떠나는 등 유명세를 치렀다" "스타에게는 유명세가 따르므로 행동에 각별히 주의해야 한다"에서처럼 '유명세를 치르다' '유명세가 따르다' 등으로 써야 한다. '유명세'의 '세'는 기세(勢)가 아니라 세금(稅)이다.

41

'윤중제'는
일본말이다

"떳다, 보아라, 안창남 비행기~, 내려 보아라, 엄복동 자전거~." 일제강점기 국민들 사이에서 불렸던 노래다. 일제에 억눌렸던 당시 "하늘에는 안창남이~, 땅에는 엄복동이~"라 할 정도로 비행사 안창남과 자전거 선수 엄복동은 국민들에게 민족적 자긍심을 북돋아 주었다. 한국 최초의 비행사 안창남이 국민들에게 멋진 비행 시범을 보인 것은 1922년 12월 여의도 비행장에서였다.

여의도 비행장은 1916년 일제가 만든 것으로 우리나라 최초의 비행장이다. 안창남이 감동을 준 이 비행장을 제외하면 여의도는 68년까지만 해도 섬이라기보다는 홍수가 나면 물에 잠기는 큰 모래밭에 가까웠다. 67년 박정희 대통령의 의지와 김현옥 서울시장의 추진력으로 여의도 개발 계획이 세워지고, 68년 밤섬 폭파를 시작으로 110일 만에 섬을 두르는 강둑(7km)을 쌓는 공사가 완공된다. 강둑은 '윤중제'로, 강둑을 따라 길게 뻗은 도로는 '윤중로'로 명명했다.

이렇게 해서 한국의 맨해튼이라 불리는 여의도가 탄생하고 윤중로를 따라 심은 1400여 그루의 벚나무는 해마다 서울시민들에게 벚꽃의 향연을 베풀어 준다. 봄마다 펼쳐지는 여의도 벚꽃 잔치를 보통 지명을 따 '여의 윤중제 벚꽃 잔치(축제)' 또는 '윤중로 벚꽃 잔치(축제)'라 부른다. '여의 윤중제 개막식'이라 하거나 '여의 윤중제가 시작됐다'고 하는 것을 보면 '윤중제'를 축제 이름으로 여기는 사람도 있는 듯하다.

그러나 여의도 강둑에 붙은 '윤중제'라는 이름은 애초에 잘못된 것이다. '윤중제(輪中堤)'는 일본말인 '와주테이(わじゅうてい)'의 한자표기를 우리 발음으로 읽은 것이다. '와주테이', 즉 '輪中堤'는 강섬을 둘러 쌓은 제방을 뜻하는 일본말이다. '윤중제'에서 한 발 더 나아가 '윤중'만 따로 떼어 내 그 길을 '윤중로'라 명명했으니 웃음이 나오는 일이다. 이것으로 끝나지 않고 학교에도 '윤중'이라는 이름이 붙어 윤중초등학교·윤중중학교가 아직도 존재한다.

'윤중제'는 우리식으로는 방죽 또는 섬둑이다. '여의 윤중제'를 '여의 방죽' 또는 '여의 섬둑'이라 불러야 한다. 86년 한국땅이름학회의 건의로 서울시 지명위원회는 '여의 윤중제'를 '여의 방죽'으로, '윤중로'는 각각 '여의도 서로', '여의도 동로', '국회뒷길' 등으로 고쳐 쓰기로 했다. 98년에는 이들 공식 명칭을 새긴 도로명판이 설치됐다. 하지만 아직도 옛 이름을 그대로 부르는 사람이 많다.

특히 봄 벚꽃이 필 무렵이면 언론에도 '윤중로 벚꽃'이나 '윤중제 벚꽃'이란 말이 어김없이 나온다. 이제 이들을 '여의도 벚꽃'이나 '여의 벚꽃'으로 바꿔 불러야 한다. 일본의 잔재라고도 할 수 있는 '윤중제' '윤중로'는 이제 옛 이름으로 정식으로 바뀐 지가 오래됐다. '윤중초등학교' '윤중중학교'라는 명칭도 가급적 바꾸면 좋겠다.

✎ 42

'십팔번'은
어디서 왔을까?

회식 장소나 노래방에서 '애창곡' 또는 '장기(長技)' 등의 뜻으로 '십팔번'이란 말을 자주 쓴다. 왜 하필 듣기에 거북한 '십팔번'이 됐는지 궁금해하는 사람이 많다.

'십팔번'은 일본의 대중 연극 가부키(歌舞技)에서 나온 말이다. 약 400년의 전통을 가진 가부키는 여러 장(場)으로 구성돼 있으며, 장이 바뀔 때마다 간단한 막간극을 공연한다. 17세기 무렵 이치카와 단주로라는 배우가 가문에서 내려오는 가부키 단막극 중에 크게 성공한 열여덟 가지 기예(技藝)를 정리했는데 이를 가리켜 광언(狂言·재미있는 희극) 십팔번(十八番)이라 불렀다고 한다. 그리고 일본 사람들이 가장 높이 평가하는 희극이었던 이 '십팔번'을 점차 '자랑으로 하는 일'이란 뜻으로 사용하게 됐다고 한다.

이 말이 우리나라에도 들어와 아무런 거리낌 없이 쓰이게 됐다. '단골 노래' '장기' 등 우리말로 순화해 쓸 수 있는 용어다. 이왕 노래를 한 곡 하려면 번듯한 반주가 있어야 하는데 노래 반주 또는 그런 업소를 가리키는 '가라오케' 역시 일본에서 건너온 말이다.

일본어로 '비어 있다' 또는 '가짜'를 뜻하는 '가라(空・から)'에 관현악단을 뜻하는 영어 '오케스트라(orchestra)'가 합쳐져 생긴 말이다. 1980년대 유흥가 주점을 중심으로 이런 형태의 업소가 우리나라에도 급속히 퍼졌다. 우리말로는 '녹음반주' 또는 '노래 방'으로 바꿔 쓸 수 있다.

이 밖에도 '나시(소데나시・민소매)' '반까이(만회)' '곤조(성깔・근성)' '무데뽀(막무가내)' '찌라시(광고 쪽지)' '쿠사리(핀잔)' '스키다시(곁들임)' '아나고(붕장어)' '요지(이쑤시개)' '단도리(마무리)' 등 일본어를 많이 사용하고 있다. 우리가 쓰는 말 중에 일본어나 일본식 한자어가 15%나 된다고 주장하는 학자도 있다.

우리말로 대체할 수 있는 일본어나 일본식 한자어는 바꿔 쓰는 것이 바람직하다.

43

깡소주는 깡다구로
마시는 소주?

코로나 바이러스(코비드19) 사태로 직장과 일터를 잃는 등 경제적 어려움을 겪으면서 중류층에서 하류층으로 밀려났다고 생각하는 사람이 많이 늘었다고 한다. 이런 현상은 통계상의 수치에서도 그대로 나타나고 있다. 어려워질수록 고달픈 삶에 적응하기 위해서는 악착스러움이 필요하고 때로는 오기도 생기게 마련이다. 그것이 '깡다구'요, '깡'이다.

'깡소주' 하면 생각나는 것이 이처럼 가벼운 주머니에 깡다구(깡)를 안주 삼아 쓸쓸히 마시는 소주다. 어떤 사람은 비싼 안주 대신 '새우깡'을 놓고 마시는 소주가 '깡소주'가 아니냐고도 한다.

하지만 이는 아무런 관계가 없다. '깡소주'는 '강소주'의 잘못일 뿐이다. 안주 없이 먹는 술이 '강술'이고, 안주 없이 마시는 소주가 '강소주'다. 국이나 찬도 없이 맨밥으로 먹는 밥은 '강밥'이다.

접두사 '강-'은 강추위·강더위, 강마르다 등에서는 '호된, 심한'의 뜻으로, 강울음·강호령 등에서는 '억지스러운'의 의미로 쓰인다. 강조밥·강된장·강굴·강참숯·강풀 등에서는 '다른 것이 섞이지 않은'의 뜻으로, 강기침·강서리·강모 등에서는 '마른, 물기가 없는'의 의미로 사용된다.

참고로 '새우깡' '감자깡' '고구마깡' 등 스낵류에 붙은 '-깡'은 처음 나온 제품에 우연히 '깡'을 붙이게 됐고, 그것을 따라 하다 보니 여러 제품에 그런 이름이 붙은 것이지 특별한 의미가 있는 것은 아니라고 한다.

제대로 된 안주도 없이 고달픔을 달래며 마시는 소주는 '깡소주'라 불러야 제맛이지만 '강소주'가 맞다는 사실은 알아 두자.

'구정'엔 일제의
아픈 역사가

설은 추석·한식·단오와 더불어 4대 명절의 하나로 우리 민족의 소중한 문화유산이다. 세시풍속 대부분이 설과 정월 대보름 사이에 집중될 정도로 설은 '민족의 잔치'로 자리하고 있다. 구한말 양력이 들어온 이후에도 여전히 음력 1월 1일에 설을 지냈다. 1895년 을미개혁으로 이듬해 정식으로 양력 1월 1일을 설로 지정하긴 했으나 '오랑캐의 명절'이라는 관념 때문에 양력설을 쇠는 사람은 거의 없었다.

한일병합(1910년)으로 일본 식민통치가 본격화하면서 일제는 우리 문화와 민족정기를 말살하기 위해 우리 명절을 부정하고 일본 명절만 쇠라고 강요했다. 특히 우리 '설'을 '구정'(옛날 설)이라 깎아내리면서 일본 설인 '신정'(양력 1월 1일)을 쇠라고 강요했다. 이때부터 '신정(新正)'에 대비되는 개념으로 '구정(舊正)'이라는 일본 말이 쓰이기 시작했다.

일제는 (음력)설을 쇠지 못하게 1주일 전부터 방앗간 문을 열지 못하게 하는 등 온갖 방법을 동원해 일본 명절인 양력설을 쇠

44

게 했다. 우리 국민은 양력설을 '왜놈 설'이라 부르면서 음력설을 독립운동 하는 심정으로 고수했다. 당시 일제의 강압에 맞서 "양력설을 쇠면 친일매국, 음력설을 쇠면 반일애국"이란 구호를 외칠 만큼 설 명절에 대한 우리의 의식은 깊었다고 한다.

일본에는 음력설이 없다. 일찍부터 서양 문물 도입에 적극적이었던 일본은 메이지(明治)유신 이후 음력을 버리고 양력만 사용하기 시작했다. 일본 역시 과거에는 음력으로 설을 지냈지만 이때부터는 설도 양력 1월 1일로 바꿔 보냈다. 일본에서는 음력 개념이 없어져 칠월칠석마저 양력 7월 7일에 쇤다고 한다.

일제에서 벗어난 이후 우리나라에서도 음력설을 인정하지 않거나 함께 지내는 등 곡절을 겪었다. 박정희 정권 때까지는 음력설을 인정하지 않았다. 1985년 5공 정부는 음력설을 '민속의 날'이라는 어정쩡한 이름으로 지정하기도 했다. 1989년에야 정부는 음력설을 '설'이라 명명하고 사흘간 휴무를 주는 대신 양력설에는 하루 휴무를 정했다. 이렇게 해서 설은 제자리를 잡게 됐다.

이처럼 우리나라에선 원래 '신정' '구정'이란 개념이 없었다. '신정' '구정'은 일본식 한자어다. 이들 이름은 일제가 설을 쇠지 못하게 하기 위해 '신정'에 대비되는 개념으로 설을 '구정'이라 격하한 데서 연유했다. 따라서 가급적 '설' 또는 '설날'을 '구정'이라 부르지 않는 게 좋다. '양력설' '음력설'이라는 명칭도 마찬가지다. '설'은 원래 음력 1월 1일에만 존재하는 우리 전통 명절이다.

45

갈매기살·제비추리는
새고기?

    고깃집의 차림표에는 부위별로 이름이 다양하게 적혀 있다. 그 중에 '갈매기살'이 있는데 혹 날아다니는 갈매기 고기가 아닌가 생각하는 사람이 있을지도 모르겠다. '갈매기살'은 갈매기 고기가 아니라 돼지나 소의 '가로막살'에서 온 말이다. '가로막'은 배와 가슴 사이에 가로놓인 근육질의 막으로 한자어로는 횡격막(橫膈膜)이라 한다. '가로막'은 우리말 '가로'와 한자어 '막(膜)'으로 이루어진 합성어이고 여기에 '살'이 붙어 '가로막살'이 됐다.

    '갈매기살'로 변화하는 과정을 보면 우선 '가로막'에 '-이'가 붙어 '가로막이'가 된다. '-이'는 바둑이·뚱뚱이 등에서처럼 사물이나 사람의 뜻을 더하는 접미사다. '가로막이'는 다시 'ㅣ'모음 역행동화를 일으켜 '가로맥이'로 바뀐다. '남비'가 '냄비'가 되는 것과 마찬가지다. '가로맥이'를 소리나는 대로 하면 '가로매기'가 되고, 'ㅗ'가 탈락하면서 'ㄹ'이 앞 글자의 받침으로 옮겨져 '갈매기'가 됐다.

    이러한 변화가 쉽게 일어난 데는 바닷새 '갈매기' 발음의 영향이 있었을 것이라 추측해 볼 수도 있다. 물론 '갈매기살'로 변화하는 과정을 달리 풀이하는 사람도 있으나 위의 설명이 가장 그럴듯하다.

갈비 안쪽에 붙어 있는 모양이 신발 안쪽 바닥에 까는 얇은 가죽(안창)처럼 생겼다고 해서 '가로막살'을 '안창살' 또는 '안창고기'라고도 한다. 일반적으로 돼지고기는 '갈매기살', 쇠고기는 '안창살(안창고기)'로 구분해 부른다. 따라서 고깃집의 '갈매기살'은 돼지고기의 부위를 일컫는다.

'제비추리'는 소의 갈비 안쪽 흉추(등뼈)의 몸통을 따라 길게 붙어 있는 띠 모양의 근육 살을 말하며, 결이 섬세하고 부드럽다. '추리'는 갈비에 붙은 이 고기를 손으로 잡아 추리는 데서 유래한 것으로 보인다. '제비'가 여럿 가운데 하나를 골라잡게 해 승부를 결정하는 '제비뽑기'의 '제비' 또는 날아다니는 제비와 어떤 연관이 있는지는 명확하지 않다.

'제비추리'와 비슷한 단어로 '제비초리'가 있다. 사람의 뒤통수나 앞이마에 뾰족이 내민 머리털을 가리키는 것으로 제비의 꼬리 같이 생겼다고 해서 붙여진 이름이다. '초리'는 물체의 가늘고 뾰족한 끝부분을 뜻한다. 차림표에는 '제비추리'를 '제비초리'로 잘못 적어 놓은 곳도 있다.

갈비 안쪽에 붙어 있는 고기 중에는 '토시살'이라 부르는 것도 있다. 한복 입을 때 추위를 막기 위해 팔뚝에 끼거나 일할 때 팔

소매가 더러워지지 않도록 하기 위해 소매 위에 덧끼는 '토시' 모양을 닮았다고 해서 만들어진 이름이다.

　돼지나 소의 갈비를 부위별로 자세히 나눈 명칭인 이들 갈매기살(안창고기)·제비추리·토시살은 언뜻 사투리로 생각하기 쉬우나 모두 국어사전에 올라 있는 표준어다.

46

'거시기'는
잘돼 가냐?

어느 날 조정 회의에 백사(白沙) 이항복이 늦게 나타나자 한 대신이 나무랐다. 그러자 이항복이 설명했다.

"오는 길에 기가 막힌 구경거리가 있어서 늦었네. 글쎄 내시와 중이 붙어 대판 싸우는데, 내시는 중의 머리끄덩이를 잡아당기고 중은 내시의 거시기를 잡고 늘어지는데 참 가관이더구먼." 듣고 있던 대신이 말했다. "이 사람아, 그런 말도 안 되는 소리가 어디 있나." 이항복이 되받았다. "우리가 모여서 늘 하는 일이 이런 탁상공론이 아닌가."

이처럼 '거시기'는 직접 말하기 곤란한 부분을 지칭할 때 요긴하게 쓰인다.

이름이 생각나지 않거나 바로 말하기 곤란할 때도 쓰인다.

"거시기 있잖아. 그 만날 코 질질 흘리던 애, 걔 말이야."

"저 혼자서 한 게 아니고요, 거시기하고 같이 한 일입니다만."

"좀 거시기 합니다만, 부탁 좀 하나 들어 주시겠습니까?"

'거시기'의 어원은 명확하지 않으나 '것'과 뿌리를 같이하는 것으로 보는 의견이 많다. 즐겨 쓰는 지역이 있지만 어디에서나 두루 사용되는 말이다. 그렇다면 '거시기'는 표준어일까, 사투리일까? 사투리로 생각하기 쉬우나 표준어다. 맞춤법은 거센소리인 '거시키'는 버리고 '거시기'를 표준어로 삼고 있다.

'거시기'는 확실한 뜻이 없는 단어이면서도 때론 정확히 의사를 주고받을 수 있는 묘한 말이다. 하지만 남용하면 의사소통을 어렵게 하는 양면성이 있다.

비슷한 것으로 '무엇'을 뜻하는 방언 '무시기'나 '머시기'가 있다.

"어이, 거시기. 요즘 그 코로나 바이러스인가 머시기 때문에 다들 거시기가 어렵다는데 어떻게 거시기는 잘돼 가냐?"

"무시기 소리여. 참 거시기 하네."

47

'–에 있어(서)'는
일본식 표현

"그는 일에 있어서나 사랑에 있어 열정적이다"에서와 같이 흔히 쓰는 말에 '–에 있어(서)'가 있다. 그러나 이는 일본식 표현이다. 일본어에서 '니오이테(において)'란 말이 자주 나오는데 우리말로 그대로 옮기면 '–에 있어(서)'가 된다.

이전에는 쓰이지 않던 이 말이 일제강점기 들어 흔히 사용됐다는 것은 일본어의 영향을 받았음을 보여 준다. 요즘은 들어가지 않은 글이 없을 정도로 남용되고 있다. 하지만 우리말에서 '–에 있어(서)'는 대부분 없어도 되는 군더더기 표현이다.

"당신은 나에게 있어 존재의 의미입니다" "마음이 열리지 못한 사람에게 있어 삶은 고된 시련의 장일 수밖에 없다" "정치인에게 있어 가장 무서운 것은 국민의 심판이다"에서 '있어'는 모두 필요 없는 말로 '–에게'로만 해도 충분하다.

"남녀의 차이는 생리적인 것일 뿐 능력에 있어서는 대등하다" "정치에 있어서도 소비자의 합리적 선택이 중요하다" "결정적인 순간에 있어서는 확고한 자세를 가져야 한다"에서도 '있어'는 불필요하다. 각각 '정치에서도' '능력에서는' '순간에는'으로 하면 된다.

"글쓰기를 공부함에 있어 이론은 그리 중요하지 않다" "일을 추진해 나감에 있어 무엇보다 중요한 것은 스스로에 대한 믿음이다"에서 '공부함에 있어'는 '공부하는 데', '추진해 나감에 있어'는 '추진해 나가는 데'가 우리말의 원래 모습이다.

다만 "나는 집에 있어서 바깥일은 잘 모른다"에서의 '어서'는 이유나 근거를 나타내는 연결어미로, '집에 있기 때문에'란 뜻이다. "돈이 없어서(없기 때문에) 결혼도 못한다"에서의 '어서'와 같은 용법이다. 위에서 얘기한 '-에 있어(서)'와는 다르다.

이처럼 사람·분야·행위·때를 막론하고 두루 쓰이는 '-에 있어(서)'는 글의 간결성을 떨어뜨리는 군더더기로 없어도 되거나 다른 말로 고쳐 쓸 수 있는 것이다. 일본식 표현인 '-에 있어(서)'를 사용할 필요가 없다.

'대폿잔'과
'소주잔'의 차이

과거에 비해 맥주나 양주 소비량이 많이 늘었지만 그래도 전통적이고 대중적인 우리의 술은 막걸리와 소주다. 요즘같이 경제가 어려울 때는 특히 막걸리와 소주가 제격이다.

뙤약볕에서 모내기를 하다 시원한 막걸리를 대폿잔 가득 부어 들이켤 때 은은히 올라오는 취기와 포만감은 말로 표현하기 어렵다. 직장인들에겐 일과 후 삼삼오오 모여 기울이는 소주잔의 짜릿함이 삶의 무게를 조금이나마 덜어 준다.

그런데 왜 같은 술잔이면서 '대폿잔'은 'ㅅ'이 있고 '소주잔'은 없을까. 대폿잔이 소주잔보다 훨씬 커서 그럴까. 아니면 'ㅅ' 발음이 나고 안 나고가 명확히 구분돼 그럴까. 둘 다 아니다.

순우리말 합성어 또는 순우리말과 한자어로 된 합성어 가운데 뒷말의 첫소리가 된소리로 나거나(바닷가·나뭇가지·대폿집·전셋집·찻잔), 뒷말의 첫소리 'ㄴ' 'ㅁ' 앞에서 'ㄴ소리가 덧나는 경우(제삿날·곗날·툇마루)에 사이시옷을 넣는다.

소주잔(燒酒盞)과 같이 한자어로만 된 합성어에는 발음과 관계없이 'ㅅ'을 넣지 않는다. 대폿잔은 '대포+잔(盞)'으로 '순우리말+한자' 형태여서 'ㅅ'이 들어간다. '대포'는 큰 술잔 또는 큰 술잔으로 마시는 술(대폿술)을 가리키는 순우리말이다.

한자어 중에서도 두 음절로 된 셋방(貰房), 숫자(數字), 횟수(回數), 곳간(庫間), 찻간(車間), 툇간(退間)의 경우는 예외로 'ㅅ'을 넣는다.

사이시옷은 규정이 다소 복잡하고 예외가 많다 보니 논란과 불만이 많은 부분이다. 누구에게나 어려운 면이 있기 때문에 헷갈릴 때는 사전을 찾아보는 게 좋다.

'대폿잔'과 달리 '소주잔'처럼 한자어로만 된 세 글자 합성어에는 발음과 관계없이 'ㅅ'이 들어가지 않는다는 사실만 기억해도 많은 도움이 된다.

49

'−시키다'를
줄여 쓰자

남으로 하여금 어떤 동작이나 행동을 하게 하는 뜻을 더하는 접미사 '−시키다'를 남용하는 경향이 있다. 뜻을 분명하게 하거나 강조하려는 심리에서 '−하다' 대신 '−시키다'를 즐겨 쓰지만 의미가 달라지거나 어색한 경우가 많다.

'−시키다'는 '교육시키다' '복직시키다' '입원시키다' '취소시키다' '이해시키다' '진정시키다' '화해시키다' 등에서처럼 서술성이 있는 일부 명사(대부분 한자어) 뒤에 붙어 사동의 뜻을 더하는 낱말이다.

하지만 "사표를 반려시켰다" "직원을 해고시켰다" "환경을 개선시켰다" "출국을 금지시켰다" "피의자를 구속시켰다" 등에서는 대부분 주체가 스스로 행위를 하는 것이므로 '반려했다' '해고했다' '개선했다' '금지했다' '구속했다' 등으로 고쳐야 한다.

"국회가 탄핵안을 가결시켰다" "총선과 재신임을 연계시키겠다" 역시 남에게 그렇게 하도록 하는 것이 아니기 때문에 "국회가 탄핵안을 가결했다" "총선과 재신임을 연계하겠다"로 해야 한다.

"한 달에 500만 원의 수입을 예상시키는 사업" "성적 이미지를 연상시키는 광고"에서의 '예상시키는' '연상시키는'도 어색한 말이다. 생각·느낌 등과 같이 지속적인 의미가 있는 단어는 동작을 일으키는 '-시키다'와 어울리지 않는다. '수입이 예상되는' '이미지를 연상하게〔연상케〕 하는' '이미지가 연상되는' 등으로 해야 자연스럽다. '생각하다'를 '생각되다' '생각나게 하다'로는 쓸 수 있지만 '생각시키다'로 할 수 없는 것과 마찬가지다.

'-시키다'를 남용하다 보니 "너, 거짓말시키지 마라" "왜 거짓말시켰어" "이게 거짓말시키고 다녀"라고 하는 사람도 있다. 스스로 거짓말을 하는 것이지 남에게 시켜 하는 것이 아니므로 "너, 거짓말하지 마라" "왜 거짓말했어" "이게 거짓말하고 다녀"라고 해야 한다.

'-하다'로도 뜻이 충분히 통하거나 남으로 하여금 그렇게 하도록 하는 것이 아닐 경우에는 '-시키다'를 쓰지 않는 게 바람직하다.

50

우리말 존칭, 완전히 망가지셨습니다

얼마 전 냉장고 소음이 심해져 서비스센터에 연락했더니 며칠 뒤 약속에 맞춰 직원이 집으로 왔다. 냉장고를 이리저리 살펴보더니 그 직원은 이렇게 말하는 것이었다. "모터가 망가지셨습니다." 아니 세상에 모터가 무슨 사람인가. 모터한테 그렇게 존댓말을 쓰게-. 마치 병원에서 의사가 환자에게 "신장이 망가지셨습니다"고 예기하는 듯 태연하게 이렇게 말하는 것이 아닌가. 요즘 이렇게 물건에 대고 존댓말을 쓰는 게 유행처럼 번지고 있다.

'-셨습니다'는 '시었습니다'의 준말이다. 여기에서 '시'는 존경을 나타내는 어미다. 어떤 동작이나 상태의 주체가 말하는 사람에게 상위자로 인식될 때 그와 관련된 동작이나 상태에 결합해 그것이 상위자와 관련됨을 나타낸다. 이 경우 주어는 상위자 또는 상위자의 신체 일부가 될 수밖에 없다. "아버님께서 오시었다" "선생님은 키가 크시다" "충무공은 훌륭한 장군이셨다"처럼 쓰인다. 따라서 물건인 모터를 주어로 해서 높임말인 '-셨습니다(시었습니다)'를 사용할 수는 없다.

이런 말은 우리말의 존칭을 잘 모르는 외국인들에게서나 듣던 말이다. 간혹 코미디 프로에서 우리말이 어눌한 서양인이나 동남아인을 우스꽝스럽게 흉내 낼 때 이런 식의 존칭이 쓰이기도 한다. 그런데 이제는 한국 사람들이 이 같은 말을 하고 있으니 알다가도 모를 일이다. 아마도 고객을 존경하고 예의를 갖춘다는 것이 지나쳐 엉뚱한 표현이 유행하고 있는 것으로 보인다.

모터처럼 사람과 관련된 것이 아닌 경우에는 '-셨습니다'가 아닌 '-습니다'를 활용해야 한다. 즉 "모터가 망가졌습니다"고 해야 한다. 이런 식이라면 TV가 고장 난 집에서는 "브라운관이 망가지셨습니다" 또는 "회로가 망가지셨습니다"고 할 게 틀림없다.

이런 이상한 높임말을 자주 듣다 보니 나도 헷갈린다. 고친 냉장고가 다시 고장 나면 나도 이번엔 서비스센터에 전화를 해 "냉장고가 또 고장나셨습니다"고 하는 건 아닌지 모르겠다. 이거야 정말 "우리말 존칭, 완전히 망가지셨습니다─".

51

갠차나유!

아들과 가끔 문자메시지를 주고받는다. '괜차나' '괜차나' 등으로 보내오던 문자메시지는 어느 날부터인가 '갠차나'로 아주 바뀌었다. 그래서 늘 의문을 품고 있었다. 다른 글을 쓸 때는 과연 똑바로 적을 수 있느냐 하는 것이었다. 이런 걱정은 '갠차나유'라는 음식 체인점이 곳곳에 생기면서 더욱 커졌다.

그래서 음식 전문가이면서 언어에도 영향력이 큰 백○○씨에게 물어봤다. 그의 대답은 이랬다. "갠차나유, 문자메시지가 다 그렇지유, 뭐. 글을 쓸 때는 다 똑바로 적어유. 걱정 마유!"

실제로 약어를 많이 사용하는 아이들이 읽기와 받아쓰기 시험에서 더 높은 점수를 받았다는 연구 결과도 있다.

과연 그럴까? 만약 아들에게 정확하게 표기해 보라고 한다면 다음 가운데 하나가 나올 가능성이 크다. '괜찮아, 괜찮아, 괜찮아, 괜찬아, 괞찬아, 괜찬아, 괜찬아, 괜차나, 괜차나…' 막상 똑바로 적으려 하면 헷갈릴 수밖에 없을 것이다. 이 많은 표기 중 맞는 것이 없다. 정확한 표기는 '괜찮아'다.

이런 현상은 '갠차나'뿐만이 아니다. '아니자나, 그랬자나, 했자나' 등처럼 문자메시지에서는 '-잖아' 표기도 '-자나'로 하기 일쑤다. '아라써' '머거써' 등과 같이 '먹었어' '알았어'를 대충 발음만 편리하게 적는 데도 익숙해 있다.

무엇보다 속도를 중시하는 문자메시지에서는 이러한 약어의 효용성을 인정하지 않을 수 없다. 이렇게 표기해도 의사를 전달하는 데 아무 문제가 없다. 그야말로 한글의 속도와 정확성은 따라올 문자가 없다는 것이 여기서도 증명된다.

그러나 단순 일탈과 유희를 넘어 새로운 언어가 되다시피 한 이러한 문자메시지에 걱정의 시선을 보내는 사람이 나뿐만은 아닐 것이다. 요즘은 유튜브 자막은 물론 심지어 TV 자막에서도 이런 표기가 등장한다. TV는 주로 오락프로그램에서 재미를 더하기 위해 그러는 것이지만 국민의 언어생활에 좋지 않은 영향을 미치는 것만은 부인하기 어렵다. 이런 표기에 익숙해지다 보면 나중에는 정확하게 표기하고 싶어도 제대로 적기가 어렵다.

이러한 표기가 일반화되다 보니 나처럼 또박또박 제대로 적어서 문자를 보내는 사람이 오히려 이상해 보일 정도다. 한 달에 한 번 정도, 매월 1일을 문자메시지에서 줄임말 대신 정확한 표기를 쓰는 날로 정하면 어떨까? 아마도 재미가 있지 않을까 싶다. 아니면 한글날(10월 9일)만이라도 문자메시지를 정확하게 보내는 운동을 벌이는 것도 한 방법이겠다. 인터넷 시대, 속도와 편리성에서 더욱 빛나는 한글의 우수성을 누리되 그 소중함도 함께 생각하는 계기가 될 것 같다.

다르다고
틀린 것이 아니다

　우리 사회에 만연한 대립과 갈등의 골이 좀처럼 풀릴 기미가 보이지 않고 있다. 이러한 대립과 갈등은 자신과 다른 것을 너그러이 받아들이지 못하는 문화에서 기인한 측면이 있다. 우리의 언어문화를 보면 "너와 나는 다르다"는 말보다 "너와 나는 틀리다"는 식의 표현에 익숙해 있다. '다르다'와 '틀리다'를 이처럼 동일시하는 것은 건전한 토론과 상호 공존에 길들여져 있지 않다는 점을 보여 주기도 한다.

　'다르다'와 '틀리다'는 명확히 구분된다. '다르다'의 반대말이 '같다'이고, '틀리다'의 반대말이 '맞다' '옳다'인 것만 봐도 두 단어의 뜻이 전혀 다르다는 것을 알 수 있다. 영어로 치면 '다르다'는 'different', '틀리다'는 'wrong'에 가깝다. '다르다'는 단순한 '차이'를 뜻하지만 '틀리다'는 잘못된 것이므로 바로잡거나 억눌러야 한다는 의미를 담고 있다. "생각이 다르다"와 "생각이 틀리다"는 많은 차이를 내포하고 있다.

　'다르다'와 '틀리다'를 제대로 구분하지 못하는 것은 '다른 것=

틀린 것'이라는 흑백논리가 우리의 무의식을 지배하고 있기 때문이다. 일제 강점기와 군부 독재를 거치면서 획일적 사고와 행동을 요구받고 이와 다른 것에는 사회적 억압과 고통이 가해진 역사와 무관하지 않다고 보는 학자도 있다.

언어와 사회는 밀접한 관계를 갖게 마련이다. 선과 악, 합법과 불법 등 규범적 가치관이 강조되는 사회에선 '틀리다'는 식의 언어 사용 빈도가 높고, 규범적 가치관이 완화되고 분권화된 사회에서는 '다르다'는 식의 언어 사용 빈도가 높다고 한다. '다르다'보다 '틀리다'는 말에 익숙한 우리 사회는 아직 전근대적 가치관에 머물러 있다는 얘기다.

사회문화가 언어 사용에 영향을 주고, 언어문화는 우리의 사고를 제약한다. 다양성을 추구하는 열린 사회로 가기 위해서는 '다르다'와 '틀리다'를 동일시하는 언어 습관부터 고쳐야 하며, '다름'을 인정하고 상호 공존하는 풍토를 조성해야 한다. 다른 것을 인정하고 받아들이기보다 나는 옳고 너는 틀렸으니 내 방식대로 바로잡겠다는 생각을 한다면 대립과 갈등의 골은 더욱 깊어질 수밖에 없다. "너와 나는 생각이 틀리다"가 아니라 "너와 나는 생각이 다르다"이다.

객관적 글에서는
존칭 쓰지 말아야

글 속에서 어떤 사람에 대해 언급할 때 '그분' '-님' '-께서' '-하셨다' 등 존대를 나타내는 표현을 쓰는 일이 종종 있다. 글을 쓰는 사람이 사적으로 그를 존경하고 있다는 표시다. 그러나 주관적이고 정서적인 성격이 강한 글에서는 이러한 표현이 가능하지만 객관적이고 논리적인 글에서는 삼가야 한다.

존대 표현을 사용하면 글이 사적인 감정에 좌우되는 듯한 느낌을 줄 수 있다. 객관적이고 논리적인 글에서는 이처럼 감정이 개입된 듯하면 신뢰성이 떨어진다. 존대 표현을 마구 사용하면 읽는 사람을 고려하지 않은 듯한 느낌을 주기도 한다. 글 쓰는 이가 그를 존경한다고 해서 읽는 사람이 모두 그를 존경하는 것은 아니다.

"이것에 대해서는 ○○○ 교수님이 지난해 발표하신 논문을 참고하는 게 좋다"는 문장을 보자. 사적으로는 '교수님'이라 불러야겠지만 글을 읽는 일반인은 다르다. 일반적 호칭인 '교수'라고 해야 한다. 따라서 "이것에 대해서는 ○○○ 교수가 지난해 발표한 논문을 참고하는 게 좋다"고 고쳐야 한다.

"그 프로젝트는 직속 부장님이 아니라 실무 부장님의 지시를 받고 있어 마음이 편치 않았다"고 하는 경우도 마찬가지다. 일반적으로 언급할 때는 '부장님'이 아니라 '부장'이 적절하다. 그러므로 "그 프로젝트는 직속 부장이 아니라 실무 부장의 지시를 받고 있어 마음이 편치 않았다"고 하는 것이 바람직하다.

'사장님'이란 표현도 그렇다. "사장님께서는 해외 영업을 직접 총괄하면서 현지 법인에 많은 지원을 해 주고 계시다" 역시 회사 사보에 기고하는 글이라면 이처럼 자기 회사 사장에게 존칭을 쓰는 것이 당연하겠지만 제3자를 대상으로 한 글에서는 몹시 어색하다. "사장은 해외 영업을 직접 총괄하면서 현지 법인에 많은 지원을 해 주고 있다"고 해야 한다.

그렇다면 이순신 장군과 같은 역사적 인물은 어떨까? 이 역시 객관적으로 언급할 때는 "이순신 장군님은 문무를 겸비한 인물이셨다"보다 "이순신 장군은 문무를 겸비한 인물이다"가 더욱 어울리는 표현이다. '장군'이라는 호칭 자체에 권위에 대한 인정과 존경을 내포하고 있기 때문에 굳이 '님'을 붙이지 않아도 된다.

54

'구랍'은
음력 12월

해가 바뀌면 언론매체 등에서 지난해 12월을 '구랍'이라 부르는 경우가 많지만 대부분 '구랍'의 뜻을 제대로 알지 못하고 사용하고 있다.

"정동진에는 새해 해돋이를 보기 위해 이미 구랍 31일부터 행사장에 도착, 진을 치고 있는 사람들로 주변이 극심한 혼잡을 빚었다" "구랍 31일 보신각 타종 행사 인파를 노린 소매치기범들이 잇따라 경찰에 붙잡혔다" "신년 연휴를 앞두고 구랍 31일 개봉한 영화들이 관객 몰이를 하고 있다" 등에서처럼 양력으로 지난해 12월을 '구랍'으로 쓰고 있지만 이는 잘못이다.

'구랍(舊臘)'의 '구(舊)'는 '옛'을 뜻하고, '랍(臘)'은 원래 납일(臘日: 조상이나 종묘·사직에 제사 지내던 날)에 행하는 제사를 뜻하던 것이 차츰 변화해 '섣달'(음력 12월)을 가리키게 됐다. 따라서 '구랍'은 '지나간 섣달' 또는 '지난해 섣달'이며, 음력 1월 1일이 되어야 비로소 지나간 음력 한 달을 '구랍'이라 부를 수 있다.

앞에서처럼 양력을 기준으로 지난해 12월을 '구랍'이라 하는 것은 잘못이다. 음력과는 날짜 자체가 맞지 않는다. '구랍'과 같은 뜻으로는 객랍(客臘)·납월(臘月) 등이 있다.

새해 아침이면 "2021년 신축년의 힘찬 새해가 밝았습니다"는 식의 표현을 쓰지만, 이 또한 음력 1월 1일(설날·정월 초하루)이 돼야 비로소 신축년이 시작되므로 맞지 않는 말이다.

이처럼 구랍이나 신축년 등은 음력의 개념이므로 양력에 사용하지 않도록 주의해야 한다. 일반인이 이해하기 어려운 '구랍'이란 한자어를 언론매체에서 굳이 써야 하는지도 의문이다.

55

그대 있음에(?)

'그대 있음에'란 표현을 많이 쓴다. '그대 있음에 내가 있네. 나를 불러 손잡게 하라'는 구절이 나오는 시는 유행가 가사로도 쓰여 귀에 익었다. 연애편지에서도 자주 나올 법한 표현으로 전혀 이상하게 느껴지지 않는다.

그러나 '그대 있음에'는 '그대 있으매' 또는 '그대 있기에'의 잘 못이다. '-으매'는 어떤 일에 대한 원인이나 근거를 나타내는 연결어미로 "맛있게 먹으매 내 마음이 흡족하다" "아이들이 있으매 나라의 미래가 있다" "그녀와 함께 있으매 정말 행복하다" "너무나 사랑했으매 가슴이 찢어지는 것 같다" 등처럼 쓰인다.

앞말에 받침이 없을 때는 '-매'가 사용된다. "병이 깊어 가매 근심이 늘어난다" "살갗을 타고 그녀의 체온이 전해 오매 어찌할 바를 모르겠다"에서와 같이 쓰인다.

'-음에'의 '-에' 자체는 "사랑에 눈이 멀었다" "빗소리에 잠을 깼다" "바람에 나무가 쓰러졌다" "그까짓 일에 너무 마음 상하지 마라" 등에서처럼 원인을 나타내는 용법으로 쓰여 '때문에'로 바꾸어도 말이 잘 통한다.

하지만 '—음에' 전체로는 이런 의미로 쓰이지 못한다. '—에'가 '때문에'를 뜻하므로 '그대 있음에'는 '그대 있음 때문에'가 돼 어색하다. 대신 '그대 있기에'로 하면 '그대 있기 때문에'로 말이 잘 된다.

따라서 '그대 있음에'는 '그대 있으매' 또는 '그대 있기에'로 해야 한다. 물론 풀어서 '그대 있음으로 해서'로 쓸 수는 있다.

56

요즘은 '꺾다'를 '꺽다'로 써요

고등학생인 희진 양에게서 이메일을 받았다. 요즘 '꺾다'를 '꺽다'로 쓰는 경우가 많다는 내용이었다. 친구들도 '꺽다'로 많이 알고 있고, 선생님마저 그렇게 쓸 때가 있다고 했다. 그리고 인터넷에 들어가 '꺽다'를 검색해 보니 셀 수 없이 많이 나왔다는 것이다. 한심하다는 생각에서 메일을 보낸다고 했다.

희진 양의 얘기가 사실임을 확인하고는 허탈함을 느꼈다. '꺾다'의 '꺾' 자도 제대로 못 쓰는 경우가 이렇게 많다니 믿어지지 않았다. "낫 놓고 '기역' 자도 모른다"는 속담은 들어 봤지만 '꺾다'의 '쌍기역' 받침도 모른다는 얘기는 처음이다.

컴퓨터 자판이나 휴대전화 버튼을 한 번 더 눌러야 하는 불편함 때문에 '꺾다' 받침을 'ㄱ'으로 쓰다 보니 이젠 틀린 글자인지도 모르고 있는 것이다. 틀리거나 말거나 관심도 없다. 의사소통만 되면 그만이다.

이처럼 문자 언어니, 인터넷 언어니, 외계어니 해서 아무 생각 없이 스스로 우리말을 파괴하고 있다. 물속에서 외래어(魚)가 토

종어를 마구 잡아먹으며 활개 치듯이 외래어(語)도 국어를 유린하고 있다.

현장 학습을 할 때 아이들이 혹시라도 문화재를 건드려 손상할까 봐 절대 만져서는 안 된다고 선생님이나 관리자는 누누이 주의를 주고 감시한다. 그러나 우리 민족의 최대 문화유산인 우리말을 훼손해선 안 된다고 강조하고 감시하는 노력은 미미하고 때론 초라하다.

희진 양의 메일은 그나마 작은 희망일 수 있다. 젊은 세대 중에도 이처럼 우리말을 걱정하는 사람이 있다니 참으로 대견스럽다. 이런 생각이 하나둘 모이면 우리말에 대한 의식이 새로워지고 사랑도 커질 것이다.

인터넷상에서 난무하는 우리말 파괴를 보다 못한 도메인 업체 '아사달'의 서창녕 사장은 직원들에게 한글 맞춤법 시험을 2개월에 한 번씩 치르게 하고, 성적이 부진하면 몇 만 원의 월급을 깎는다고 한다. 직원들도 공부에 열심이란다. 우리말에 대한 의식을 높이고 인터넷에서 파괴된 우리말을 바로잡기 위해서다.

인터넷 운영자들은 '맞춤법에 맞게 글을 쓰고 가급적 외래어를 사용하지 맙시다'는 문구라도 게시판에 띄워 놓아야 한다. 속도를 중시하는 인터넷 세계에서 언어 파괴가 특히 심각하고 영향이 크기 때문이다. 일반 회사에서도 최소한의 우리말 실력을 검증하는 절차가 있어야 한다. 영어 공부는 독려하면서도 우리말에는 관심이 없다.

얘기가 길어지는 것 같아 이만 마무리하는 게 좋겠다. 글자를 단순화해 쓰는 것뿐 아니라 요즘은 글도 좀 길어 보이면 아예 읽지 않는다. 문장도 가능하면 짧게 써야 입맛에 맞는다.

왜 우리말을 소중히 여기고 지켜야 하는지, 그리고 각자 위치에서 우리말을 아끼고 사랑하는 일이 무엇인지 한 번쯤 생각해 보았으면 한다. 희진 양과 서창녕 사장이 더욱 많아져야 한다.

기자처럼 글 잘 쓰기 1

문장기술

배상복 ⓒ 2021

초판 1쇄 발행 | 2004년 10월 5일
초판 19쇄 발행 | 2009년 5월 14일
개정증보판 18쇄 발행 | 2015년 5월 15일
개정증보2판 2쇄 발행 | 2022년 5월 13일

지은이 | 배상복
펴낸이 | 정미화   기획편집 | 정미화 인시문   디자인 | 블랙페퍼디자인
펴낸곳 | 이케이북(주)   출판등록 | 제2013-000020호
주소 | 서울시 관악구 신원로 35, 913호   전화 | 02-2038-3419   팩스 | 0505-320-1010
홈페이지 | ekbook.co.kr   전자우편 | ekbooks@naver.com

ISBN 979-11-86222-35-5 (04800)
ISBN 979-11-86222-34-8 (세트)